JN010154

決定版

ワシの研究

神山恭昭

Koyama Yasuaki

小学館

わしの研究　もくじ

輝けるへりくだり

椎名 誠

神山さんの初期の傑作『わしの新聞』を目にしたのは二六年ぐらい前だったろうか。まだいろいろ書店に足しげく通っている頃で、どこの書店で見つけたのか忘れたが、東京の書店であるのは間違いない。非常に懐かしさと親しみのある手書き文字の表紙文字、そして開いてみるととにかくびっくり。中も全部著者本人らしい人の自筆で書かれている。奥付を見ると確か松山あたりが発行所だった。地方・小出版流通センターが介在していたのだろうか。当時はそういったところでの稀少本を見つけるのが楽しく、『わしの新聞』は一目で取り込まれてしまったすばらしい一冊だった。読みだしてみると著者本人の日常のことがいろいろ書かれていて、手書き文字のやわらかさと相まって非常に温かみに満ちた一冊だった。

　表紙を改めて見ると、どうもヨットの上で操舵仕事をしているらしい人物の絵で、これも著者本人の自画像らしい。なんだかとても心地のいい表紙の構図で、なかなか本造りの名人が造り、センスのある人が描いているのだなと受け止めた。

この時抱いた不思議なあこがれに似た親近感は、後日、二十年ぐらいたってその真意がわかるが、その話はあとで。

その本がきっかけになって同じような全編手書きによる本はないものかとあちこち探すようになった。なかなかないが、やがて二冊ほど見つけた。それぞれ書き手が違っていて、文章もそのペン使いのあじわいも違ってくるから手書き本は面白い。三冊並べてみるとやはり『わしの新聞』が最高だった。

ぼくはその頃『本の雑誌』の編集長をやっていたので、毎年年末に編集部の面々で開くその年出た本の極私的ベストテン（年間ベストテンというわけだが『本の雑誌』特有のシステムでそれぞれ出席者が推薦する本のベストテンランクの順位を自分で申請する。今年こそはこれだ、という本は堂々一位に、へりくだってなんとか、というのはもっと後ろの方へ）に『わしの新聞』を出品、推薦した。やや遠慮して真ん中辺のランクに申請だ。でもそれが当確した。『本の雑誌』は小なりといえど全国誌だからかなり風変わりなベストテンランクの一冊になったはずだ。

そのことがあって神山さんの他の著書をなんとなく手に入れ、この人がセンスと力のある芸術家であることを知った。この芸術家は最初から最後まで謙遜とへりくだりのかたまりで、それがなんともほほえましく不思議と痛快でもある。そして独特のアイロニーを込めたセンスがあることにも気が付いた。

２０２２年、新宿で神山さんにお目にかかった。本人はじれったいほどにシャイな人で、ご自身でほそぼそ芸術家といっているように、まさしくほそぼそ並はずれた芸術家だった。その時に『わしの新聞』の表紙を見た感じのなんともいえないほほえましくも懐かしいヒミツの意味を知った。なんとその絵の下敷きになったのはアランドロンが主演して一気にスターになった『太陽がいっぱい』の構図だったのである。ヨットで舵を握っているのは神山さんなのだった。アランドロンは首からロザリオのネックレスをかけているのだが、神山さんはどこかの御守りを首から下げている。慈しみとセンスがぴかぴか光る人柄そのものの絵だった。神山さんへのファン度が急速に増していった。

　このたび『わしの研究』にさらに数編を加えた『決定版　わしの研究』が小学館から出ることになった。

　どーだまいったか、と力で押し通していくような芸術とは対極にある神山さんの世界を、松山を飛び出して世界中に知ってもらいたいと思っている。

決定版

わしの研究

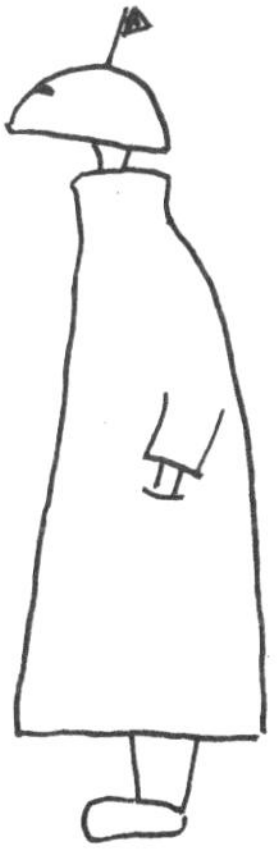

研究
神山恭昭研究所

地下室の大研究

第1章 はじめに

昔から恥ずかしいことをして自分を責めるときに「穴があったら入りたい」というんがありますがぼくの場合は「穴がなかったら自分で掘ってでも入りたい！」というくらいようけこと恥をかいてきました。

穴というたら地下室ですが⇩

穴があったら入りたい…。

ぼくは子どものころから地下室というもんに異常な興味がありました。

実は母の南予の実家には地下室がありました。

座敷の下にあって、さつま芋の保存やお蚕《※かいこ》さん用の棚を置くための実用的なもんでした。⇩

※養蚕は貴重な現金収入やったんで蚕のことをお蚕さんとよんだ。

母の実家の地下室。階段のある本格的なものやったのです。

ぼくは赤ん坊のときこの地下室へおちたけど、たま〜階段のところにおった祖母がなんかおちてきたと、手をすけたら孫やったそうです。ぼくは九死に一生をえたのです。

第2章 地下室への憧れ

地下室はなんか謎めいとって、子どものころから好きでした。

庭に穴を掘ってみたりしたんですが、できるはずがありません。以前展覧会で「地上式地下室」というんを作ったことがあります。雰囲気だけでも味わいたいという、ぼくにしては大傑作作品でした。

今は卓上型地上式地下室というんが1個だけ⇦

わしの

残っとります。

第3章　本物の地下室

自分もいつかは地下室が欲しいとずっと思うとりました。ところが最近、知り合いの家に本物の地下室があるというんを知って、見学させてもらいました。

卓上型地上式地下室。たくさん作りました。

地下室は思うたより建築費がかかるそうです。けど年間を通じて17度くらいで冷暖房費がいらんそうです。ただ湿気が多うて、その対策が必要やそうです。

それといろいろ維持のための経費もかかって大変みたいです。

松山市のAさん宅地下室

第4章　おわりに

地下室というたら絵に描いたような美少年が縄でしばられて、とじこめられとるような淫びなイメージがあって　どきどきします。

自分にもまだそんな好奇心があったんかとあきれてしまいます。けど、好奇心は研究の母です。

松山

夢日記 大研究

第1章 はじめに

冬場はなかなか研究がすすみません。寒うて外へ出て行くんが※タイギぃからです。外どころか布団から出て行くんも億《おっ》くうです。そこで布団の中で寝とってもできる夢の研究をすることにしました。

夢の研究というても小難しいことはしません。

自分の見た夢と松山の人28人に書いてもろたアンケートを紹介する研究です。

※タイギぃ＝大儀な

研究 =3 =3

神山恭昭研究所

アンケート①	松山人28人にききました。
夢はよう見ますか?	
はい	43%
いいえ	39%
どちらともいえない	18%

第2章 夢日記

ぼくはよう夢を見ますが、あんまり覚えとりません。ほれでも鮮明な夢の時は次のような夢日記をつけたりします。

夢その1 2012年12月7日

俳優の萩原流行似の男が家に来て演説をするが、人が少ないと怒る。追い返すが、かくれたので木切れで萩原似を何度もたたく。「どしたん!」という奥さんの声で目ざめる。叫びながらコブシで布団をたたいていたらしい。

40年前に住んでいた家が舞台

夢その2 2012年7月1日

電車の中から浜辺で青年が子どもたちとたのしそうに遊んでいるのが見える。青年は若いころの自分だ。彼をうらやましく思うが、自分にはそんな経験はない。

場所 梅津寺

アンケート③	
悪夢をよう見ますか?	
はい	36%
いいえ	46%
どちらともいえない	18%

夢その3 2012年5月29日 松山沖

暗い海の中の灯台に続く細い道。灯台めがけて走っている自分を鳥のように高い所から見ている。走ったあとの道は海にとけている。急がないと道がなくなるが、なかなか灯台にたどりつかない。

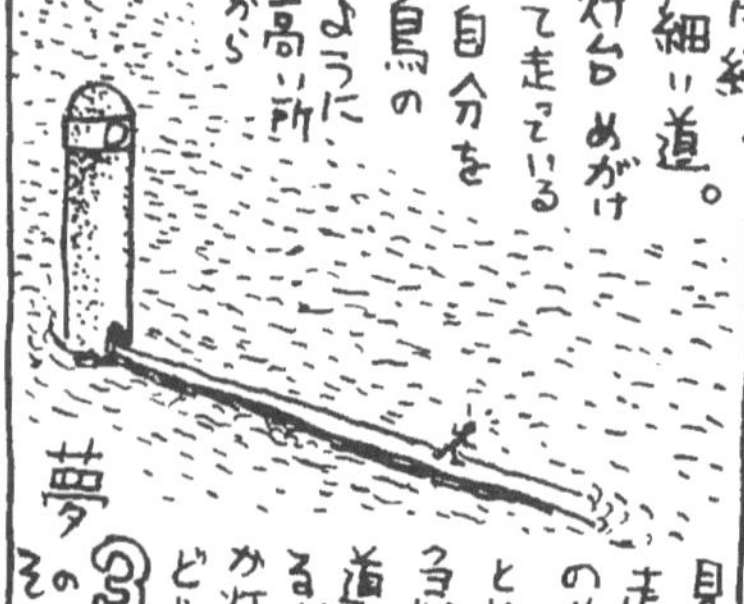

ワしの

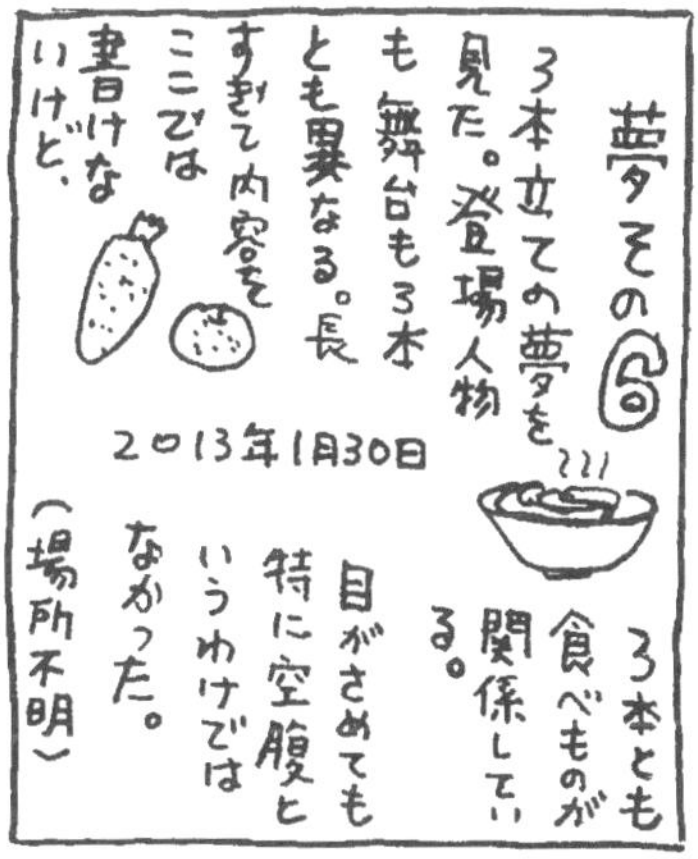

第3章 夢と松山

夢1〜4の舞台は松山で、たいてい昔です。何十年も前に住んどった家や町が出てきます。けど登場人物は昔の人と今の人で、その両方が入り乱れ、わけがわからんようになります。

第4章 夢を操作する

近年の研究によると夢はコントロールできるそうです。げさく※な夢も自由に見れるかも知れません。

アンケート ③

夢の舞台は松山ですか?	
はい	10%
いいえ	86%
どちらともいえない	4%

※げさく＝下品

第5章 おわりに

松山の人はもっと松山の夢を見ると思うとりましたが、松山の夢を見る人はわずか10パーセントでした。松山と夢の関係を深く調べようと思うたんですが、研究心が夢の如く儚《はかな》く消えてしまいました。

アンケート ④

人に言えないようなげさくな夢を見ますか?	
はい	28%
いいえ	61%
どちらともいえない	11%

研究

神山恭昭研究所

「宝の持ち腐れ」研究

第1章 はじめに

自分にはこれといった特技や能力はありません。いわゆる宝の持ち腐れという心配はないのです。人に「そんな特技があるのにもったいない。宝の持ち腐れですね」などと言われたことはありません。

しかし腐ってもいいから宝を持ちたいものです。

ということで今回は
⇩
宝の持ち腐れ研究です。

第2章 腐りかけの宝

持ち腐れするほどのお宝というたら、すごい才能や高価な貴金属、広大な土地などで、ほれらを活用できずにおるんを宝の持ち腐れというんやろうと思います。自転車の曲乗りや逆上がりができるくらいではお宝とは言わんのかも知れません。

宝の持ち腐れ

第3章 松山人のお宝

では松山人が思うとる自分の持ち腐れ宝というたら何でしょうか? 例によって松山人12名にアンケート※で答えてもらいました。
⇩

わしの

設問1 持ち腐れとる宝がありますか？

答え ○ある9人
○ない3人

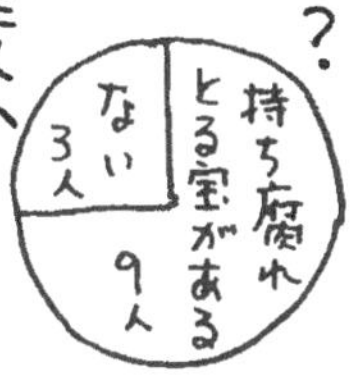

設問2 以下「ある」と答えた人へ
それは何ですか？

答え
○本
○オパールの原石
○竹山
○父親（持てあますのマチガイか）
○過去を記録するあれこれ
○人からの古い手紙
○自分自身
○妻
○子どもサイズのダッフルコート

※
アンケート調査はマンネリか？

マンネリだと思う 7人	思わん 1人

松山人8人にききました。（本人をふくむ）

設問3 宝を腐らせずに使おうとしたことはありますか？

答え ○ある8人
○ない1人

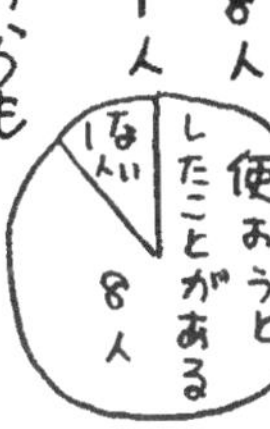

設問4 これからも腐らせるつもりですか？

答え ○そうだ 1人
○活用したい 5人
○大きなお世話だ 3人

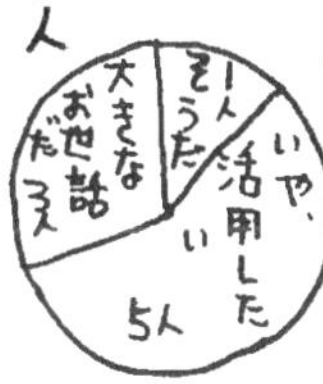

第4章 おわりに

よう考えたら自分にも持ち腐れとる宝がありました。芸大（通信制）の卒業証書です。60歳から6年もかけて取ったもんですが、苦労した割にはあんまり役に立ちません。時々夜中に出してながめるくらいなもんです。将来何かの役に立つと思うとるんですが、将来というても…

ほかには腐って困るほどのお宝はないと思うとってもひょっとしたら気づいとらんだけで、すごい才能を持っとるかもしれません。もっとも気づいとらんのやったら持っとらんのと同じことではあります。

松山猫学
噛《か》みつきネコの研究

第1章　はじめに
突然私事で恐縮ですが(いつも私事やけど)うちのネコは噛みつきネコです。
しかも一番面倒をみとるぼくを思い切り噛みつくのです。
どうして噛みつくのか有識者(?)にきいてみたら、
①性格が似とる。
②ネコを踏んだ。
③犬の臭いがした。
④ネコに嫌われるタイプ。
などをあげてくれました。
しかしどれもぼくには覚えがありません。

研究 =3 =3
神山恭昭研究所

第2章　実態調査
ネコを飼うとる人に聞きとり調査をしました。
調査の中での「噛みつく」はほとんどが甘噛《あまが》みです。お宅のも甘噛みでしょう

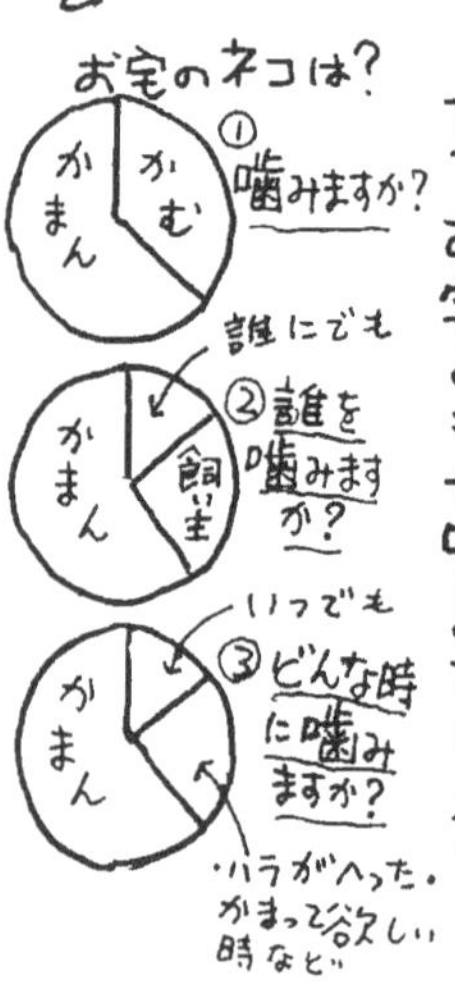

と言われるけど、血が出るほど噛みつくのを甘噛みとは言わんと思います。

どんな時ぼくを噛みつくのかを観察したら、
①ご飯が欲しい時
②不きげんな時
③通りすがりに
④理由なく突然、
といつでも噛みつくのです。

わしの

いつも流血さわぎ

第3章 傷痕の歴史

もともとぼくが飼《か》い始めたネコやのうて、ある日家に帰ったら、家族がこのネコを飼うとったんです。

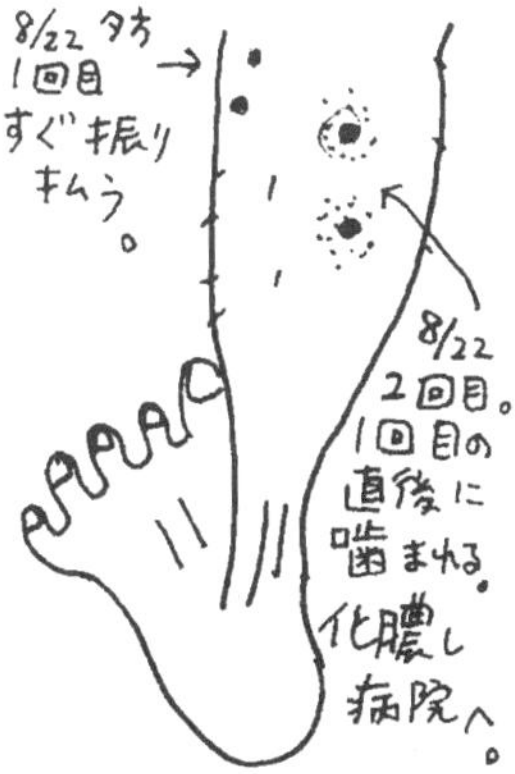

黒いキズアトのブルース
その1

ほれまでのぼくの人生にネコは居《お》りませんでした。けど飼うとるうちに情がわいてきて、今はそれなりに可愛がっとります。

ほやのにネコは「自分は嫌々飼われとる」と勝手に思い込んで、なにかにつけてぼくを噛みついとるのが実状なのであります。

第4章 おわりに

図書館で調べたら、室内で1匹飼いの場合、突然噛みつくことがあるようで「ケンカごっこしようや！」と言うとるらしいのです。

つまり激しく遊んでやらんといけんようです。

ふむ〜。

今回は研究というより、単なるぐちでした。

参考文献
『ネコ好きが気になる50の疑問』
加藤由子著 2007年サイエンス・アイ新書

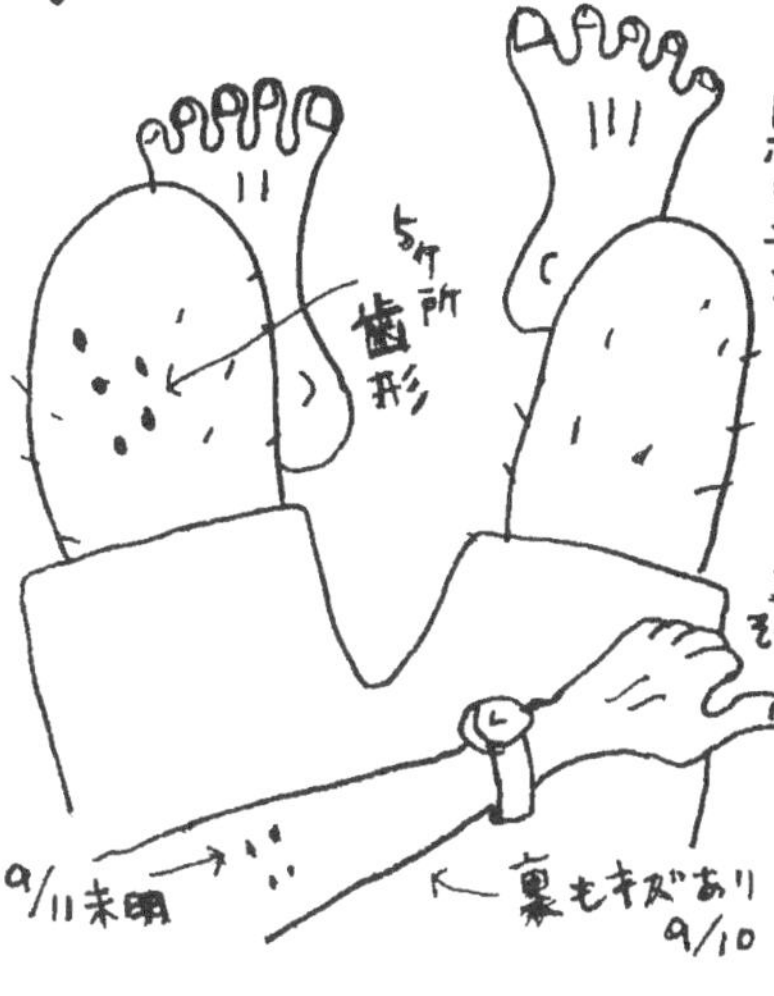

黒いキズアトのブルース
その2

松山

日向《ひなた》水《みず》

小研究 その1

研究

神山恭昭研究所

東日本大震災による福島原発の大事故で原発への不安が大きくなってきました。今後ぼくらはエネルギーの節約と自然エネルギーの利用をすすめんといけません。

自然エネルギーと言うたら太陽があります。昔、母はこの太陽をフルに活

用しとりました。行水《ぎょうずい》、煮《に》炊《た》き、お茶等のお湯をお日さんに温《ぬく》めてもろうとりました。つまり日向《ひなた》水《みず》です。薪《まき》や炭の節約に

これは今もやっている

ペットボトルの日向水温度調べ

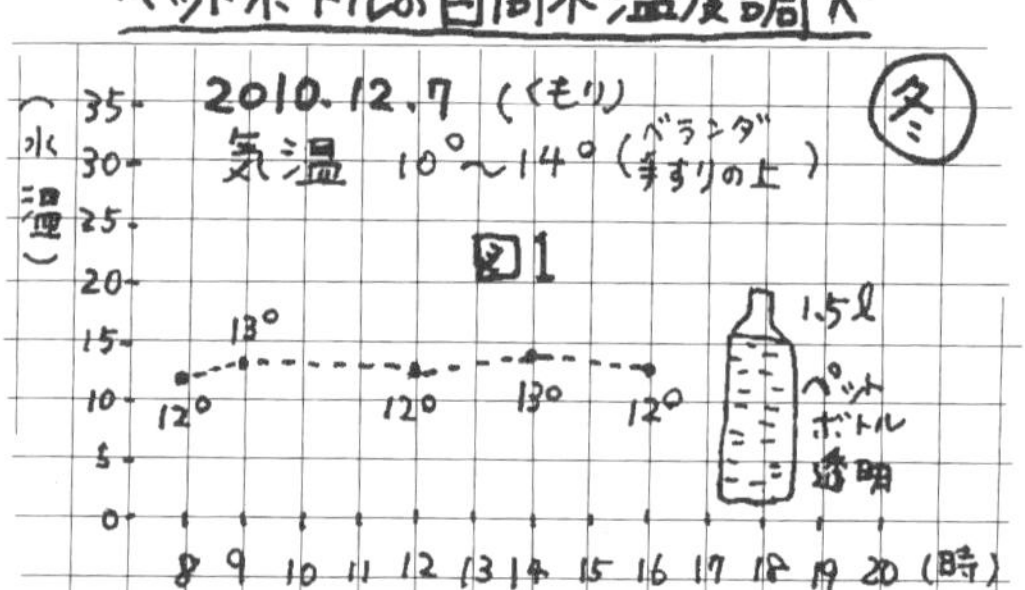

気温は鉄製ベランダ手すりの上のもので実際の気温はもっと低い。

なります。ほかにも食器をお日さんで乾かしたりもしとりました。

実際にお日さんの熱でどのくらい温もるのか昨年の12月と今年の5月にペットボトルを使《つこ》う

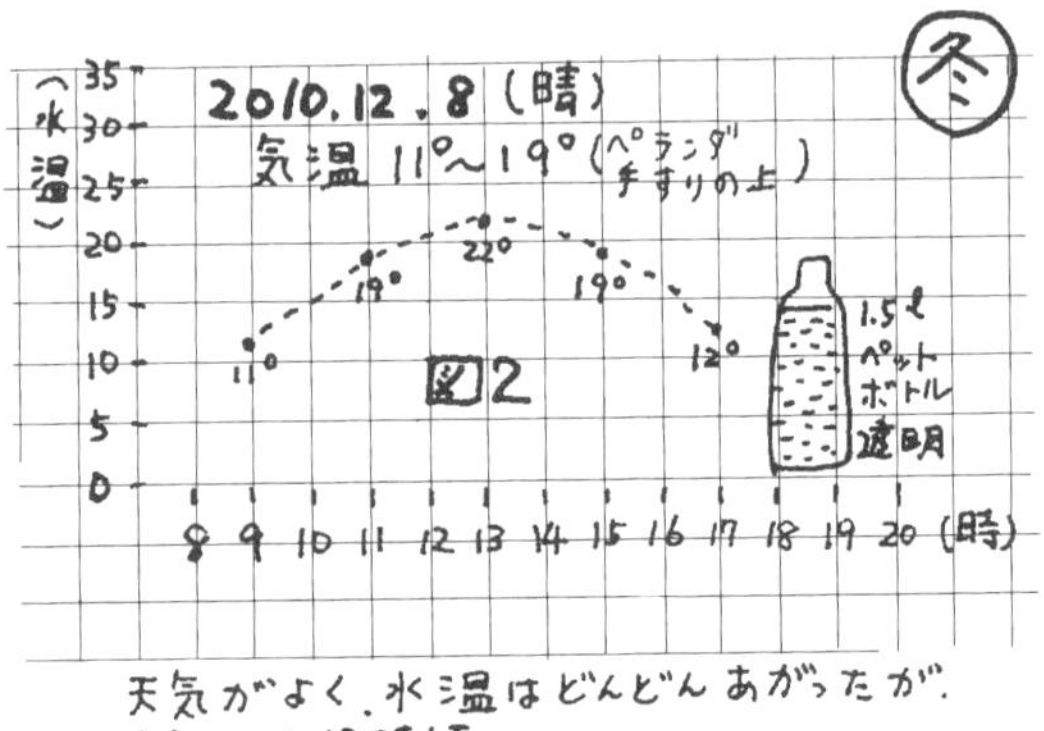

天気がよく、水温はどんどんあがったが、ピークは13時頃。

わしの

て日向水の温度観察をしました。（図1〜4参照）

次にヤカンに入れて温めた8百ccの日向水をガスで

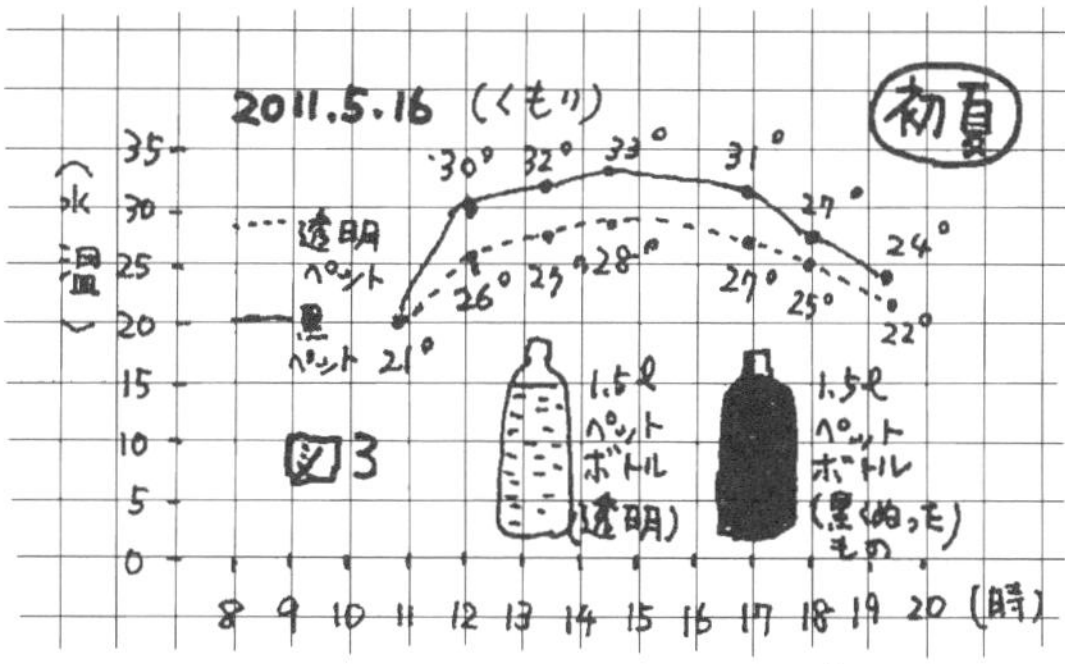

黒く塗ったボトルとそのままのボトルとの比較。やはり黒ボトルのほうが効率がいい。

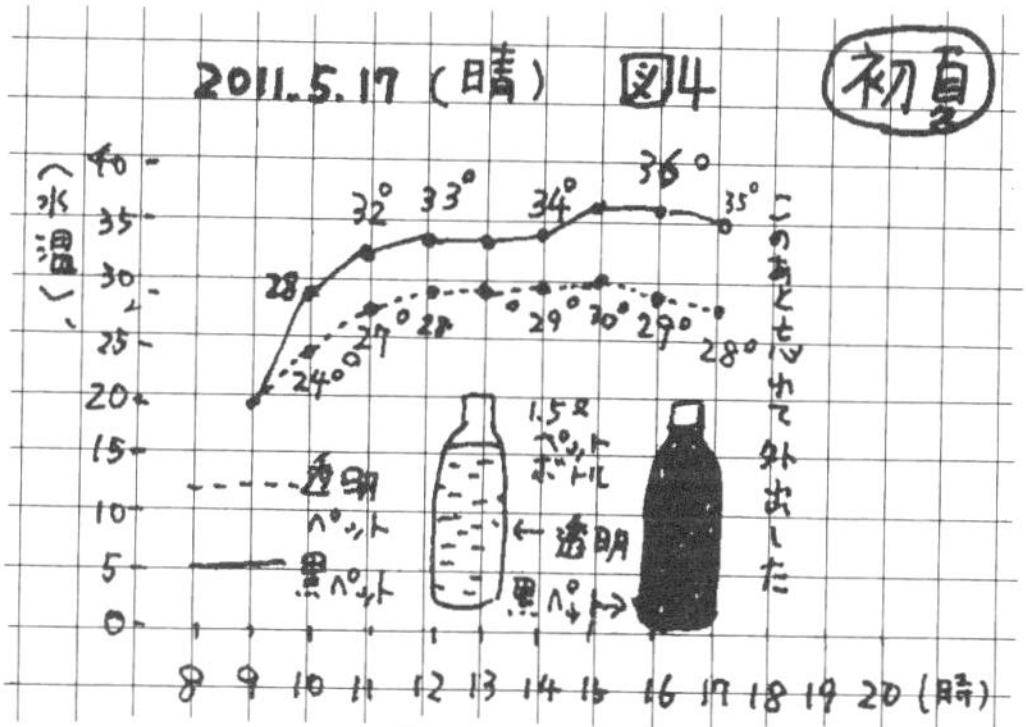

調査しているのを忘れて夕方、外出してしまった。家にもどるとあたりはもう真っ暗だった。

追いだきをして、沸とうするまでの時間を調べました。（図5参照）

ロスの多い遠方生産型のエネルギーと違《ちご》うて、お日さんは地元型エネルギーです。言うたら「エネルギーの地産地消」。自分で使うもんは自分でこさえる、まずは日向水から、というんが今回の研究テーマでした。

次回はペットボトル60本で沸かしたお風呂の研究です。

図5

沸とう時間調べ（2011.5.29）

種類	水温	沸とう時間
水道水	27°	3分55秒
日向水	36°	3分37秒

松山日向水協会（ありません）
副会長 由野《ゆの》和《わ》板《いた》先生

研究

神山恭昭研究所

松山日向水 小研究 その2

テーマ
ペットボトルで沸かした風呂に入る・・・。

7月26日、1年がかりで集めたペットボトル72本に黒ペンキを塗りたくり、水道水を入れてベランダに並べました。当日はカンカン照りやなかったんですが、黒ペットボトル(以後黒ボトル)の水は最高46度まで上昇し、まずまずの温度です。もちろん燃料費はゼロです。けど喜ぶんはまだ早い。

温度 25℃の水道水が最高46℃まであがった。けど夕方になるとさめてしまった。

黒ボトル72本に水を入れベランダに並べるんに25分、温《ぬく》もった日向《ひなた》水《みず》を風呂場に運んで湯ぶねに入れるんに37分、散らかった黒ボトルを片づけるんに4分、ほして運ぶ途中でお湯をひっくりかやしたんが

携帯用温水シャワー装置

ワシのボトルの湯

1回とおおごとやったのです。

ほやけど化石燃料も使わず、おとろしい原発にもせ話にならんとお湯をこしらえるんやから、こんくらいの苦労は当然です。なんもなしではお湯ひとつ沸かせんのです。便利さに慣れたぼくらはそのことをもっと知らんといけません。

×72本＝108ℓを湯ぶねに入れましたが、たまったお湯が底から19.5cmしかのうて、やや少なめです。

黒ボトルがびっしり けっこうブキミです。

本格的手づくり温水器

・ペットボトルをつないで本格的温水器をこしらえた人がおるけどぼくにはでけん！

よれよれになってやっとのことでお日さんが沸かしてくれたお風呂に入りました。汗を流したあとにめったに飲めんビールを飲んだんですが、うまかったことは言うまでもありません。

今回は年寄りの冷水《ひやみず》やのうて、年寄りの温水《ぬくみず》でした。

研究

神山恭昭研究所

なんでも研究「わしの研究」

地老漫の研究

ジローマンとは何か？

65歳から老人やと言われとりますが、唱歌に「村の渡しの船頭さんは今年60のお爺さん〜♪」(船頭さん)とあるように60過ぎたら皆年寄りという説もあります。ほしたらぼくなんか2年も前から爺さんやったことになります。そこでぼくは「地《じ》老《ろう》漫《まん》」というマンガを描くことにしました。これは「地元老⇩人向け漫画」の略です。では「地老漫」はただの「老漫」とちごうて、はたしてどんなもんなんか？ 実は次のようなもんなんです。

渋谷の街をさっそうと歩いとる中央老人や70過ぎても湘南へんでサーフィンをしとるような都会派老人⇩

地元老人（私）　中央老人

地老漫 NO.1『競走』

わしの

のためやのうて、ぼくらのように地味でマジメな地方の老人のためのマンガ、それが「地老漫」です。

この「地老漫」は地元で長いことマンガを描いとる友人やご近所の現代詩人らと今度新しいにこしらえる『WWM』という手づくりの雑誌に載せようと思うとります。(ただし雑誌自体が老人向けというわけではありません)

地老漫 NO.5『卓上牛』

これが本当に地元老人のためになるとは、なんぼにも思えんのです。

雑誌『WWM』第1号
・本年11月下旬発行予定
・B5・頁数未定・価格350円ていど
・予約申込
790-0062 松山市南江戸3-8-35
ヤマダ倉庫内
「WWM」事務局へ
ハガキにてお申込みください。

※この「WWM」は創刊前に廃刊となりました。

松山思い出学

あだ名の研究

第1章「あだ名とは？」

思い出学《おもいでがく》という学問があるかどうかは知らんのですが、子どものころの思い出に「あだ名」があります。哲学者の鶴見俊輔氏は「伝記は小伝に小伝をあだ名に煮つめてゆくと人間認識が蒸留されて、老人用の記憶に貯え⇨

鶴見俊輔《つるみしゅんすけ》(1922〜)

研究

神山恭昭研究所

られる」(「思い出袋」岩波新書)と言うとります。あだ名はその人の歴史を表すもんやから、あだ名で覚えたら年寄りでも人のことは忘れんということやろと思います。

あだ名その1

『スト団』

労働争議用語ではありません。ストリップ団団長の略です。

第2章「あだ名の系譜」

ぼくにつけられた最初のあだ名は、思い出すんもオトロ⇨

しい「ストリップ団の団長」略して「スト団《だん》」というもんでした。小学校にあがるかあがらんかのころです。イナげなポスターを熱心に見とったんで、つけられてしもたんですが、正直イヤでした。

2番目のあだ名は「イモさん」でした。顔の形がさつま⇨

「スト団」というぼくのあだ名に父は激怒しました。

わしの

芋に似とったからです。これはけっこう気に入っとったんですが、先生に「イモにはトロイとかアホという意味もある。誰かさんにぴったりじゃ」と皆の前で言われたことがありました。そのことで、

あだ名その2『イモさん』

小5ごろ

よーに「イモさん」が嫌になってしもたんです。

そのことを気にしたイモさんの名付け親のT君が「ウマさん」（顔が長かったんで）と改名し、流行《はや》らしてくれました。馬のことをトロイとか、アホとか言う人はおらんので、ぼくはこの新あだ名がすこしだけ気に入り、T君に感謝しました。

あだ名その3『ウマさん』

中学時代

中学校を出てからはあだ名で呼ばれたことも、あだ名をつけられたこともありません。

第3章「研究成果」

つけられたあだ名はどれも弱虫で情けないぼくの人生をよう表しとります。けど本当にええあだ名はその人の財産やと思います。過去のあだ名名《めい》を思い出して研究するんは自分の歴史を知ることやないでしょうか。

おたくのあだ名は何やったですか？

下の絵はS.28〜S.46まで住んどった丸山住宅(市営)です。この時代の中の10年間ほどだけぼくはあだ名で呼ばれとりました。

松山 古着《FURUGI》大研究

古着屋さん探訪

第1章 はじめに

昔小豆島の海岸でビニールのベルトを拾い、しばらく使うとったことがありますが、最近世間では古着が流行っとるようです。しかもいろんな世代に愛用されとるみたいです。

今回は古着の研究です。ツテをたよって街の古着屋さんを訪ねました。⇨

研究 =3 =3

神山恭昭研究所

第2章 古着屋探訪

最初に行った古着屋さんは女物《レデース》専門店「new view《ニュウビュー》」です。可愛いて華やかなレデースがようけあって、ぼくは途方に暮れてしまいました。お客さんの層は幅広く、おいさんがプレゼントを買いに来ることもあるそうです。ほぉし。⇨

店主のミドリさん本当に古着を愛している人。ぼくはひそかにミドリーヌ夫人と呼んでます。

店主のミドリさんご本人が渡米し、直接仕入れてくるそうです。基本は可愛いておしゃれな物で自分が気に入った服ですが、ただ古ければええというもんではないそうです。新品と違《ちご》うてつくろったりせんといけんこともあるけど、し過ぎても良うないそうです。

「手間の ⇨

おもな古着の種類	
ヴィンテージ	希少品。
ユーズド	使用した物
デッドストック	新古品。

わしの

かかる仕事ですが、お店から何かを発信できれば…」と熱く語ってくれました。

次に訪問したんが「肉《にく》」という変な名前の古着屋さんで、女物《レデース》、男物《メンズ》ともありますが、やや若者向けという感じです。

店主のヤノさんは古着には年代を越えた面白さがあり、着る人の手元に来るまでの物語が想像できると言います。友だちや家族のお古《ふる》やっても、同じように物語があるそうです。

ロマンがあってええ話やなぁ〜とすっかり感心してしまいました。

300円のシャツを買った

店主ヤノさん

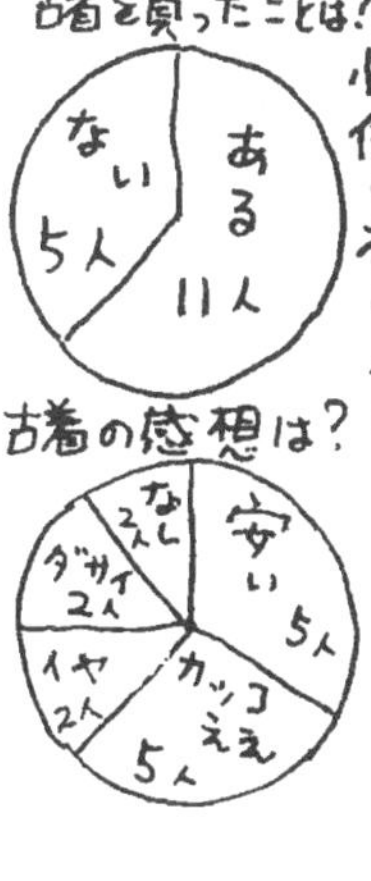

恒例の松山人16人にききました

第3章 おわりに

2件だけの古着屋さん訪問でしたが、ひと口に古着というてもいろんな思いがあるんやなァ〜と感じました。

ぼくも自分の古い服の物語を思い出しながら「自分古着」をすることにしました。

自分古着
昔の自分の服を引っぱり出して着ること

研究

神山恭昭研究所

便所哲学の研究

第1章　母のすすめ

亡き母はぼくにいろんなことをすすめましたが、中に「便所哲学」というもんがありました。哲学いうても読書のことなのですが、「便所で本を読むと出ていった分だけ頭によく入る」と母は力説しとりました。びろうな話で恐縮です。

しかしこれをぼくが本格的に始めたんは母にすすめられてから半世紀近くもたった5年前のことです。

便所の ひそかな たのしみ

（所要時間5〜10分）

第2章　規則

便所哲学の本選びには次のような規則を設けました。

1、昔買うて読んでない本
2、借りた本でないもの
3、ベストセラーでなかった本
4、読みたかった本

などがありますが、ほれ以外の規則として

1　持ち出して続きを読まない。
2、読み終えた日付を本にメモしとく。
3、用事が終ったらさっさと出る。

なんかがあります。

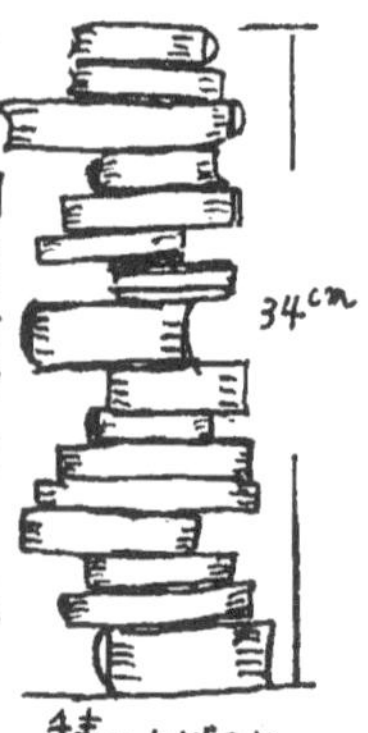

わしの

こうして便所哲学した本の記録は次のとおりです。

NO	本	頁数	読書期間	日数	※	備考
1	A	232	2009.4.1〜2009.7.1	92	2.5	20年間読まず
2	B	218	〃 .7.2〜 〃.10.2	93	2.3	〃
3	C	193	〃 .10.3〜2010.1.1	91	2.1	
4	D	545	2010.1.2〜 〃.6.27	177	3.1	
5	E	230	〃 .6.28〜 〃.10.12	107	2.1	20年前の本
6	F	467	〃 .10.13〜2011.2.28	139	3.4	
7	G	417	2011.3.1〜 〃.6.30	122	3.4	23年前購入
8	H	234	〃 .7.1〜 〃 9.18	80	2.9	39年前購入
9	I	155	〃 .10.2〜 〃 10.13	12	12.9	
10	J	806	〃 .11.9〜2012.5.25	198		現在中断
11	K	168	2012.5.29〜 〃.11.6	162	1.0	
12	L	207	〃 .11.9〜2013.2.24	108	1.9	
13	M	326	2013.2.25〜 〃.5.10	76	4.3	うるう年
14	N	264	〃 .5.20〜 〃.9.30	134	2.0	
15	O	310	〃 .10.1〜2014.3.29	180	1.7	
16	P	378	2014.4.1〜 現在			

※1日あたりの読書頁数（平均）

第3章 成果

便所哲学のおかげでソクラテスには3人の男の子がおったことや、ベートーベンはかけ算が苦手やったことなどを知りました。

また昨日まで英国の田舎の詩人と話をしとったのに、今日は終戦直後の神戸をうろついとったりします。そういうたら、

以前夜の地中海で泳いどって、風邪をこじらせ死んでしもうたこともありました。もちろん便所哲学で読んだ本の中のことです。

こうしてぼくは毎朝半畳ほどの便所で世界中を時をこえて旅をしとります。ほれで便所哲学した本の題名は何かというたら、それはまたの機会に。ごきげんやう。さよふなら。

エンピツで読んだ日付を書いておくと便利。

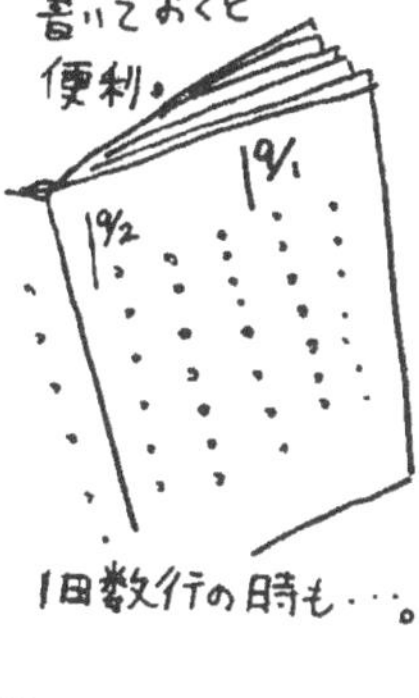

1冊数行の時も…。

わが便所の思い出研究

第1章「はじめに」

長いこと生きとって、子どものころと大きく変わったんは便所です。
というわけで、今回はびろうな話ではありますが、わが便所の思い出研究です。

研究
神山恭昭研究所

母の実家の便所は木製便器で便所紙は古新聞でした。これをように揉(も)んで使うたのです。

丸山住宅。壁1枚で隣の便所に接しとって、ぼくは隣の1つ下の子と話しをしながら用をたしとりました。

第2章「二軒長屋の便所」

昭和28年か29年ころから わが家は、二軒長屋の松山市の市営丸山住宅に住み始めました。
この住宅の便所は当然汲み取り式で、○○○が○いたり、○○が○ってきたり、○○が○○かったりして、(これじゃ何ちゃわからん!)快適とはいえんかったんですが、ここに入居する前は共同便所やったんで大進歩です。

第3章「感動の水洗便所」

改築や引越しがあったもんの、わが家の便所はずっと汲み取り式でした。
18歳の春、初めて街で水洗便所を経験し、その快適さに感動してしまいました。
毎朝、家ではがまんして、その水洗便所をめざしたのです。

わしの

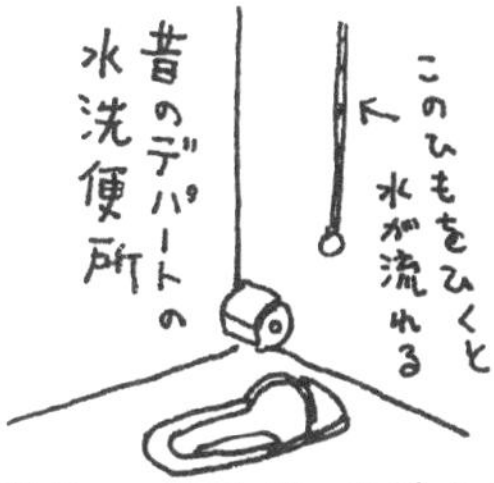

ひもをひっぱりすぎて、ちぎったんがおって、おおごとになったそうです。

第4章「人生と便所」

その後も学校や職場、お店なんかがどんどん水洗便所になっていきましたが、

三瓶町（現西予市）の下宿の便所は2階にあったけど、便つぼは1階でした。なので・・・。

自宅は相変わらず汲み取り式でした。当時はほとんどの家がそうやったのです。

奥さんの実家の外便。夜中に行くと、石鎚おろしにふるえあがりました。

第5章「おわりに」

10年ほど前から、わが家も洋式便所になり、温水洗浄器までつきました。

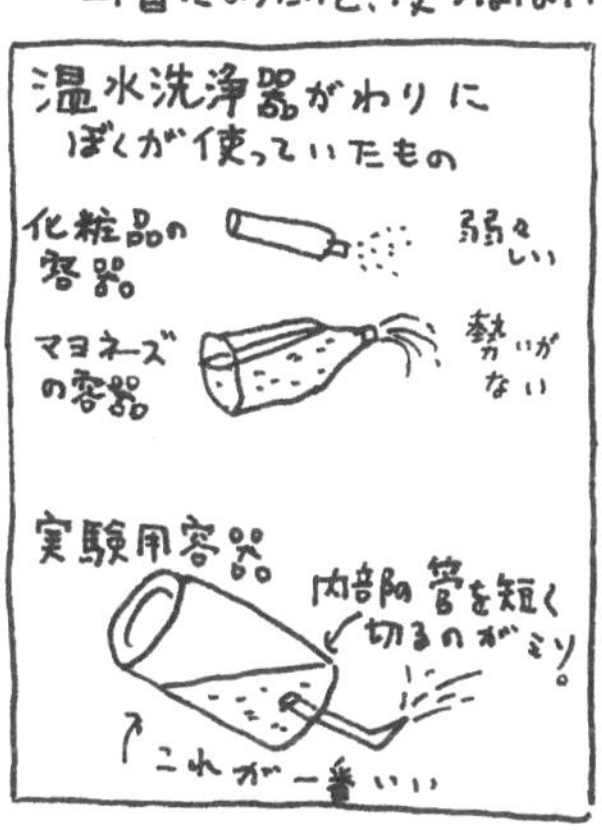

痔主のぼくにはありがたいけど、トイレットペーパーのかわりに古新聞をように揉《も》んで使うとった昔に比べたら、こんなぜいたくをしてええんやろうかとつくづく思うてしまいます。

今では便器のふたが自動で開いたり、温風でお尻の「す」を乾かしてくれるもんまであるそうです。この先便所はどうなるんでしょう。

今回は「※びろハラ」で申しわけありませんでした。

※びろうな話をして相手を不快にさせるハラスメント。

研究

神山恭昭研究所

『大豆コーヒーの研究』

第1章　はじめに

今年も終戦の日が近づいてきました。戦時中は食べ物が不足して、ヘビを食べたり、塩のかわりにするため海へ海水を汲みに行かされたと母が言うとったんを思い出します。

戦時中の台所

し好品も手に入りにくうて、タバコはヨモギの葉を乾燥させたのを、コーヒー豆も大豆で代用したそうです。

というわけで今回は代用食品、特に以前から関心のあった「大豆コーヒー」の大研究です。

第2章　若き日の「大豆コーヒー」研究

中学生の時、大豆コーヒーが戦時中に飲まれとったというんを何かで知って、作ってみたことがあります。このころから研究熱心(?)やったのです。

しかし、大豆をほうろくで炒って焦《こ》がし、すり鉢とすりこぎ棒ですりつぶした(ここまではあっとる)ものの、神山少年はコーヒーというもんを知らんかったんで、焦げてつぶれた大豆をそのままお湯で溶かして飲んだのです。これがまァ

わしの

ことのほか苦ろうて(あたり前)しかも友人宅でこしらえとったんで砂糖をもらえず、無理して飲んでしもたんでその夜、腹を下しました。

「こんなもん飲めるか!」とぼくの首をしめた友人は下痢にはならんかったようです。

昭和36、7年ごろ(昔…)

第3章　今回の研究

今回はほうろくで大豆を焦がし、ミルでそれを挽《ひ》いて紙フィルターで濾《こ》しました。見た目には本物と同じです。にが味もあり、まずまずの出来です。

そこで、アフリカのとある高原で栽培された貴重なコーヒー豆とだまして松山人12人に飲んでもらいました。

[大豆コーヒー ひと口目の感想]

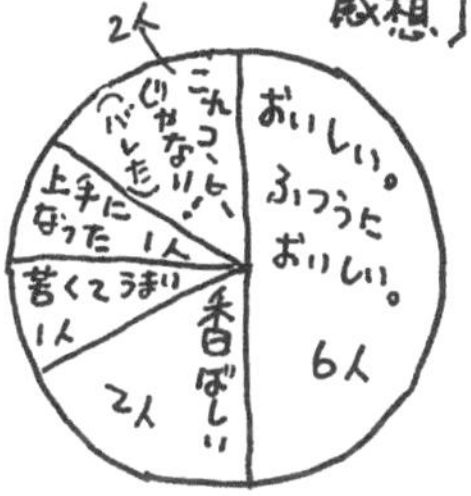

おおむね好印象でした。

(まァ本人を前にしてまずいとは言いにくい。)

第4章　おわりに

ぼくのおじさんは終戦直後コーヒーの商いをしとって、経済警察につかまり、体をこわして若死にしました。戦争さえなかったら亡うならんかったと思います。

大豆コーヒーを飲みながら戦争を考えたいと思います。

大豆コーヒー
[ふた口目の感想]

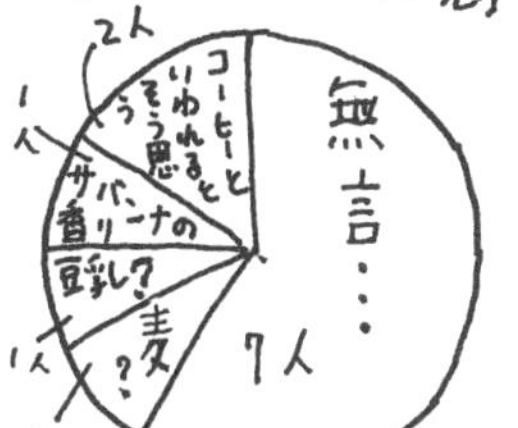

無言の意味するものは…。

おじさんが亡うなったあとも残されとったコーヒー豆のガラスの容器。豆をどうやって入れたのか、子どものぼくには不思議やった。

食の冒険

「しょう油もち入り雑煮」の研究

研究

神山恭昭研究所

第1章 はじめに

正月にわが家ではあんもちの入った雑煮を食べます。えーっ!と思うかもしれませんが、これが意外とうまいのです。しかもこのあんこもち雑煮を食べる習慣にはちゃんとした説もあるようです。（くわしくは堀内統義、神山恭昭共著『浮《ふ》游《ゆう》蕩《とう》蕩《とう》』1992年創風社出版の96頁をご覧ください。）

しょう油もちの絵（ハンバーグの絵ではないよ!）

第2章 しょう油もち雑煮

今回は松山の郷土のお菓子「しょう油もち」を入れた雑煮を研究してみることにしました。しかしここで他県の読者にこのしょう油もちがどんなもんなんか説明をせんといけません。

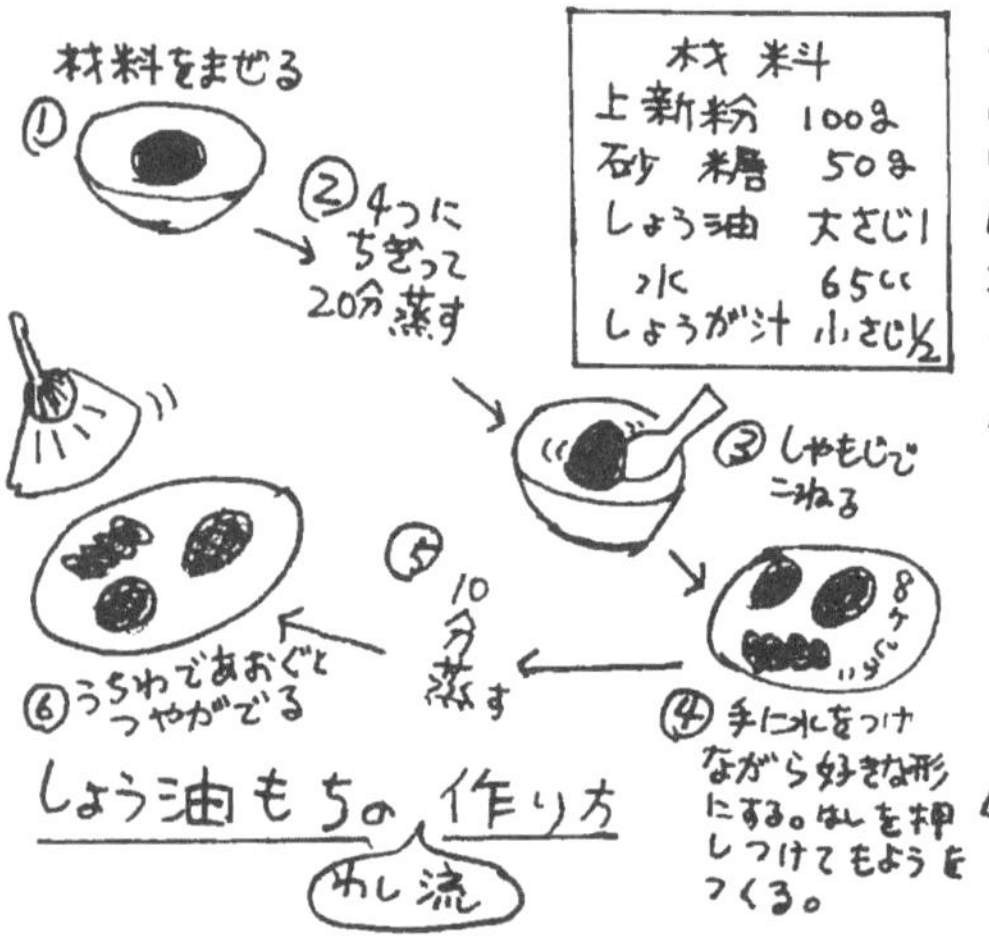

材料	
上新粉	100g
砂糖	50g
しょう油	大さじ1
水	65cc
しょうが汁	小さじ½

松山のしょう油もちというもんは焼いたもちにしょう油を塗った菓子ではありません。上新粉にしょう油、砂糖、水、しょうが汁なんかを入れてこねたものを蒸した立派なスイーツなのです。

ほやからしょう油もち雑煮はわが家のあんもち雑煮と近い味になると思い研究することにしました。

第3章 実験研究

しょう油もちを自分でこさえ、いろんな雑煮の中に入れて食べてみる実験をしました。

わしの

雑煮のベースはあわせみそ、白みそ、しょう油です。ほれにたまたま奥さんがこさえとったかぼちゃスープでもためしてみることにしました。

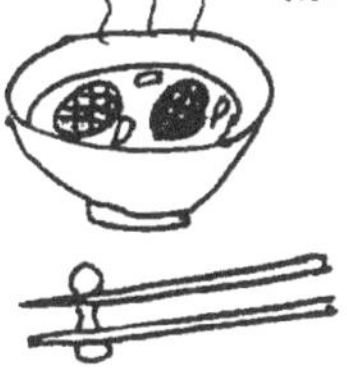
しょう油もち雑煮

各種雑煮による実験結果（あくまでも個人的な意見です）は図1のとおりですが、やや期待はずれのもんでした。やっぱし、しょう油もちはそのまま食べたほうがええような気もします。

（図1）しょう油もち入り雑煮実験データー（無断転用を禁じます）

実験日	室温	体温	仕立て	評価	感想
11/25 9:00	20°C	36°	あわせみそ	良い	汁にもしょうがをすって入れたのでうまかった。
11/25 11:00	20°C	36.5°	しょう油	普通	ベースがしょう油なので、しょう油もちのしょう油味が消え、ただの団子汁になった。
11/26 9:45	20°C	36°	かぼちゃスープ	良い	結構いける（と思う）
11/27 8:15	18°C	36.1	白みそ	まあまあ	元祖あんこもち雑煮に近いけど印象がうすい。テレビを見ながら食べたせいか。
				・・・	まあ、なんだかねえ〜。やっぱりねえ〜。（はっきり意見を言わない奥さん。

第4章　ついでに研究

「ぼたもちカレー」もためしてみたのですが・・・。くわしくは次号でお伝えします。

ぼたもちカレー

第5章　おわりに

今回の研究は食の冒険というよりは食の冒涜《ぼうとく》と思われるかもしれませんが、ぼくのあくなき研究心によるものなので、お許しください。

次回は「食の冒険その2」として「わが家ではおごちそう。よその家では・・・」という研究を予定しとります。

〈食の研究

「わが家ではごちそうでもよその家では・・・」大研究

第1章　はじめに

前回は郷土のスィーツしょう油もち入り雑煮の研究やったんですが、今回は自分の家ではおごちそうでも、よその家庭ではとんでもない料理やったりすることがある、という研究です。

研究

神山恭昭研究所

第2章　じゃが芋入りすき焼き

若いころ仕事仲間を下宿によんで、すき焼きを作ってやったら、

「せっかくのすき焼きにじゃが芋なんか入れて・・・」と責められたことがありました。

じゃが芋をすき焼に入れるのはわが家では常識で、おごちそうやったのですが、よその家ではどうやらそうではないということをはじめて知ったのでした。

第3章「鯖《さば》の煮つけ茶漬け」

昭和30年代のわが神山家でごちそう観を二分する「鯖の煮つけ茶漬け」というのがありました。鯖の煮つけをほぼ食べ終わったあと、その残骸を煮汁ごとご飯にのせて、お湯かお茶を注いだもので

鯖の煮つけ茶漬け
油が浮き、骨が漂っている。色もわるく、どうみてもネコマンマ。

わしの

すが、見た目は猫飯《ねこまんま》です。しかしこれを父と姉は歓喜のあまり身ぶるいしながら、食べ

さばの煮つけ茶漬け

ごちそう観を二分!

ぜひおためしください。

とりました。けど母とぼくは絶対に食べず、特にぼくは※「さぶいぼ」が出るほど嫌っとりました。(※寒イボのこと)

当時のことを思い出して、ぼくはこの「鯖の煮つけ茶漬け」を再現し、姉と東京暮らしの姪に食べさせました。しかし上品にできすぎて、「フツーにうまいよ」という感想でした。姉が言うには、当時のはもっとギトギトしてワイルドやったとのことでした。

第4章 おわりに

昔、大変なおごちそうと思うとったもんが、今食べてみると、それほどでもなかったり、反対にとても食べれんと思うとったもんが意外とうまかったりすることがあります。

ごちそう観は個人の成長(あるいは老化)や時代の流れによって変化していくもんかもしれません。

あなたの作るおごちそうがよその人には○○○かもしれませんよ。ふふふ…。

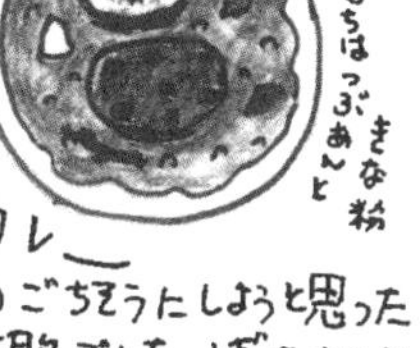

ぼたもちはつぶあんときな粉

ぼたもちカレー

わが家のごちそうにしようと思ったけど失敗でした。ぼたもちとカレーは別々にたべた方がいい。

家庭の七不思議
靴下片方だけ
紛失の大研究

研究
神山恭昭研究所

第1章 はじめに

家に一日中おっても不思議なことに出会います。たとえば洗濯した後の靴下が片方だけうさる※ことなんかも不思議です。おやじが生きとったころ、よう「また靴下片方のうなっとる。どこへもって行くんぞ！どっかへ売りに行きよるんか！」と母を怒っとりました。ぼくは⇨

※うさる＝消えさる＝紛失する

「誰が履きくさしの、しかも片方だけのすえた靴下なんか買うてくれたりするもんか！」とそのころは思うとりましたが、今ごろになってどっかに片方だけの古靴下を買う会社があるかもわからん、と思うようになりました。

ではなぜこのような⇨

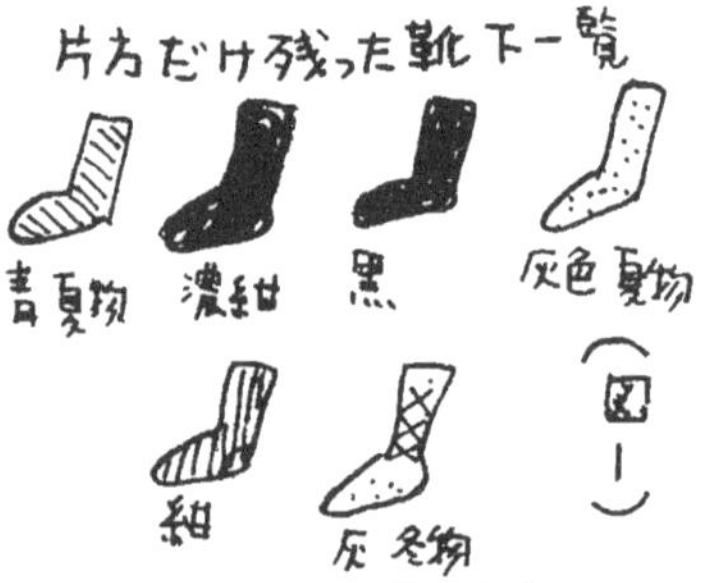

（図1）

ことがおこるのでしょう。

第2章 洗濯という仕事

わが家の洗濯作業工程

番号	作業内容	担当
①	洗濯（洗濯機に投入する）	奥さん
②	風呂場のハンガーに吊るす	奥さん
③	それをベランダへ運ぶ	ぼく
④	よう乾くように工夫する	ぼく
⑤	取り入れる	ぼく
⑥	たたむ	奥さん

（図2）

わしの NO.32

効率よく乾かす

わが家では図2のように完全分業化しとります。いったい靴下はどのようにして、どの工程でうさるんでしょうか。

第3章 原因と対策

原因として考えられるんは、

一、はじめから片方しかなかった。

二、干し場へ行く途中落とした。

三、干しとるうちに風でとんで行った。

四、取り入れた後でどこかにまぎれた。

と色々考えられますが、全ての工程で紛失の可能性があります。

対策として、

1、洗濯時に一組ずつ糸でぬいつけておく。

2、全部同じ靴下にする。

3、靴下を履かない。

などがあります。

片方だけ靴下がうさることがあるか

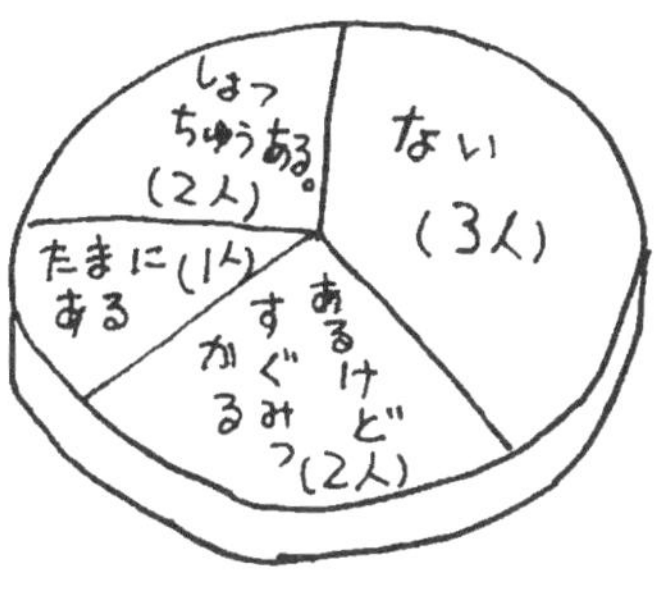

松山人8人に聞きました。

ところでわが家には片方だけの登山靴があります。もう7年も片方だけです。

第4章 おわりに

今回も不毛な研究でした。

実に意義深い！

使い捨て物品の大研究

第1章 はじめに

思うに現代とぼくらが子どものころと大きく違うんは、実に使い捨て物品が多いことです。

というわけで今回は使い捨て物品の研究です。

第2章

実におとろしい！

使い捨て物品はプラスチック製品が多いよ⇩

研究

神山恭昭研究所

うに思います。安うて、軽うて、きれいで、便利でええことだらけのように思えます。

ところがこれが海に捨てられると実におとろしい。魚や鯨が食べもんと間違え、命を落としたりします。波に砕かれて消えてしもたかに見える微小なプラスチックがまわりまわって人間の口に入り、人体に悪影響を与えます。

プラスチックは燃やしたら燃やしたで、温暖化の原因となり、実に心配です。再利用が大事となります。⇩

第3章 再利用の調査

そこで世間の皆様は使い捨てしとるかどうか気になり、聞き取りをしました。

(問) 1度使うたもんをもういっぺん使いますか？

(物品名)	(はい)	(いいえ)
輪ゴム	14名	0名
ゼムクリップ	14	0
ビニール傘	14	0
割りばし	4	10
つまようじ	0	14
マヨネーズの容器	0	14

(2019 9/28 調査)

わしの

第4章 再利用の実験

世の中にペットボトルの飲みもんがなかった50年ほど昔、出かける時は誰でも水筒を持参しとりました。

そんな45年前のある日、大阪行きの船底客室でお茶の入ったマヨネーズの容器をうれしそうにちゅうちゅう吸うとるおいさんを見かけました。

今回やった再利用実験を紹介します。

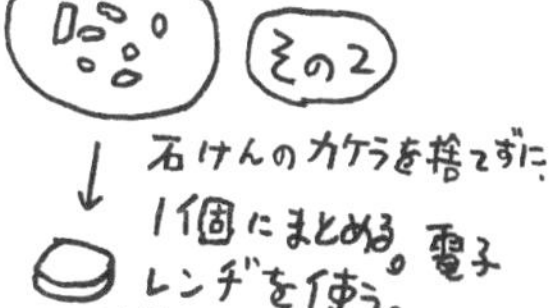

ぼくがこんなことをしとるんは、ケチでしぶちんやからと思うたら大間違いです。（ほれもないことはないんですが…）性格なのです。

第5章 おわりに

再利用も大事ですが、重要なんは使い捨て物品を買わんことやと思います。

物を大事にせんことは、それをこしらえた人を大事にせんことと同じやと言うた人がおりました。

今回は実に真面目で意義深い研究であったように思います。

井義野 不可士（70）
（いぎの ふかし）

松山人の好きなもん

比較好き学《がく》の研究

第1章

ぼくは昔からあれよりはこれの方がええとか、好きとか何でも比較したがります。それもどうでもええようなことを比べては喜んどります。

というわけで今回は「比較好き学」の研究です。

研究

神山恭昭研究所

松山比較好き学アンケート
説明会(先着30名様)

(こんなもんありません。念のため)

第2章「あれよりこれ!」

何よりも好きなもんは何やろうと考えても、なかなかパッと出てこんのです。(他人に言えんようなことはなんぼでも出てきます)

こんなときはいつものアンケートです。アンケートには次のような世代の松山人が参加してくれました。

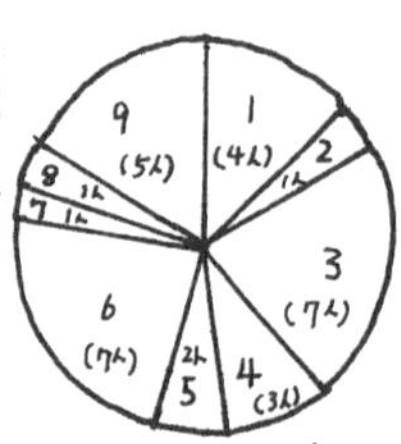

「アンケート参加者年代別グラフ」

1、10代
2、20代
3、30代
4、40代
5、50代
6、60代
7、70代
8、80代
9、言いたくない!

アンケート 設問1

「三度のご飯より好きなもんは何ですか?(例・仕事・勉強・卓球など)」

答えとして次のようなもんが寄せられました。

三度のご飯より好きなもん一覧
ギター, お絵かき, 本, お酒, 読書 創造すること, さぼること, 食べること, ねこ 勉強, ご飯以外にはない, 刃物研ぎ ビール, 都合のいい空想, 読むこと=想像すること 仕事, 打ちこみによる作曲, まま(母), 睡眠 珍スポット, コーヒー, 女, SF, やっぱし飯! 猫, アート(ほんとはぼーっとすること), ファッション, 甥っ子, アルコール, ネコ, おしゃべり・議論

比較好き学学会副会長
是蛾好代(これがすきよ)さん

わしの

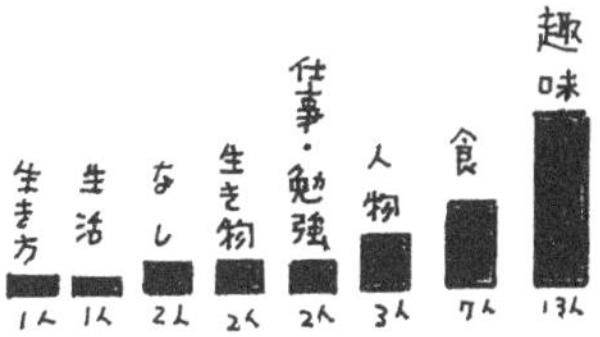

「三度のご飯より好きなもの」分類

次に二つのもんを比べて、好きなもんを言うてもらいました。

設問《アンケート》2「○○より○○が好きですか?(例・温泉より銭湯、愛よりお金、マグロのトロよりアボガドなど」

この問いには次のような答えが寄せられました。

○○より	○○が好き
シャワー	湯舟
お酒	映画
料理を作る	食べるの
ビール	焼酎
箱庭	やぶ
お金	愛
エビの天ぷら	芋の天ぷら
最高のこと	ふつう
金もうけ	空想
剣	ペン
○○さん	△△さん
アメリカ映画	インド映画
CD	ソノシート
コーヒー	ビール
時間給	自分の時間
飛行機	高速バス
父	母
パパ	ママ
C	A
お金持ち・オシャレな人	貧乏人・ダサイ人
観光地	下町
酒	水
熱帯魚	川魚
スイーツ	おかず
カラオケ	鼻歌
東京	京都
便利	センスいい
和食	洋食
海・冬	山・夏
蟹	カニカマ
どっちも同じ	

これらは次のように分類できるように思います。

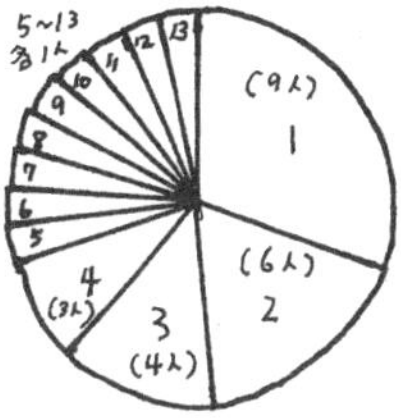

「○○より○○が好き」分類

1. 食
2. 生き方
3. 人物
4. 場所
5. 生き物
6. 生活
7. 乗り物
8. 趣味
9. 季節
10. 文化
11. 物
12. なし
13. 不明

第3章 おわりに

今回はお堀の亀と白鳥のどっちが好きか?と聞くぐらい意味のないもんでしたが、今までで最多のアンケート参加者があり、ほれで字だらけの研究発表になりました。

(お知らせ)
『アートミート展』
2019
7/25(木)~7/30(火)
11:00~19:00
(最終日は18:00まで)
松山市湊町4-12-9 3F
ギャラリーリブ・アート

ぼくも怪しい作品をなんぼか出します。

古希《こき》※の（大）研究

第1章　はじめに

今年ぼくはなんと古希になるのです。これはもう大《おお》事《ごと》です。この間まで無軌道な若者と言われとったこのぼくが70歳なのです。

しかし嘆《なげ》いとるだけでは後ろ向きです。そこで古希を記念して何かをしたいという気持ちがふつふつとわいてきました。

※70歳のこと　古稀とも書く

研究

神山恭昭研究所

第2章　古希記念「寒中水泳の研究」

年寄りといえばやっぱし冷《ひ》や水です。そこで「古希記念寒中水泳」と書いた幟《のぼり》をたてて寒空の下、水泳をしようと思いつきました。

けど、梅津寺《ばいしんじ》へ行って、海を見とったら、寒《さぶ》イボが出てきて、なんぼにもその気になれませんでした。

そこで、家に帰って、水風呂に入ることにしました。ほやけど、どうも盛りあがりません。幟もこんまいのをこしらえて、それなりに環境はととのえたんですが、観客がおらんので、なんか燃えてこんのです。

そのうえ、水風呂でじっとしとったら、風邪をひきそうになったんで、ちょっ

自宅で寒中水泳

わしの

とだけ沸かしてぬるま湯にしました。ぬるま湯の人生・・・。

※コミセンの温水プールも考えたんですが、ここで幟を背負うて泳いどったら怒られそうです。そもそも温水プールやから寒中水泳ではありません。やめました。

※コミュニティセンターの略

そこで時々行くお風呂屋さんにわけを話して、寒中水泳をさせてもらおうと

※叩いてやろうかの意

思うたんですが、そうなると他のお客さんも水風呂に入ってもらわんといけません。ほれに男湯やから女性の観客がおらんというのもなんか寂しい。これもヤメ。

第3章　おわりに

結局、また家にもどって、ふだんと同《おんな》じくらいの温《ぬく》さの風呂に入って、「古希記念寒中水泳」とすることにしました。

「人生の
絶頂期《ピーク》いち度も
なきままに
日々に埋もるる
七十路《ななそじ》の春」

（わし）

その他の古希記念関連行事

1	パンツを70枚新調する	×	お金がかかる
2	70gのステーキを食べる	×	こまい
3	ケーキにローソクを70本たてる	×	危ない！
4	夜空の星を70個数える	○	お金がかからん

研究
神山恭昭研究所

松山 白髪頭大研究

第1章 はじめに

ぼくは若いころから白髪がようけあって、実年齢より10から20くらい歳をとってみられてきました。まだ40代の時に「もう定年でしょ」と言われたこともありました。

もっとも白髪頭のせいだけやのうて、無気力な態度、やる気のなさ、投げやりな言動、老人的体型などのせいでもありました。

そこでぼくのように白髪頭で苦しんどる人たちは、いったいどのくらいの割合でおるのか町で調べることにしました。

第2章 保有者数調べ

松山市内各所で白髪頭の保有者調べをしました。

1、県庁前

昼食時に道に出てくる職員の白髪頭の数調べをしたかったんですが、すでに正午を過ぎとったせいか、出てきた人はあまりおりませんでした。

調査場所	性別	調査対象者数	白髪頭者数	不明	日時・天候
県庁前歩道	男	34人	5人 (15%)	1人	3月23日 晴れ
	女	5	0 (0)	0	12:07〜12:13
堀之内公園	男	27	6 (22)	4	3月23日 晴れ
	女	15	1 (6)	4	12:19〜12:24
F町スーパー前通路	男	16	4 (25)	5	3月26日 晴れ
	女	18	0 (0)	0	11:40〜11:50
市内某所(とある会合)にて	男	10	7 (70)	0	3月26日 晴れ
	女	3	0 (0)	0	15:30〜17:30

わしの

2 堀之内公園

公園なのでようけの老若男女がおりましたが、帽子、ヘルメット、カツラ(?)などの被り物で白髪頭かどうか不明な人が多かったように思います。

3、スーパー前通路

昨今のスーパーではじいさんひとりが買い物というんもよう見かけます。

4、市内某所(とある会合にて)

年配の人の集まりのせいか、白髪頭所有者率が高かったようです。

第3章 髪型分類

次に白髪頭のじいさんたちがどんな髪型をしとったかを調査しました。

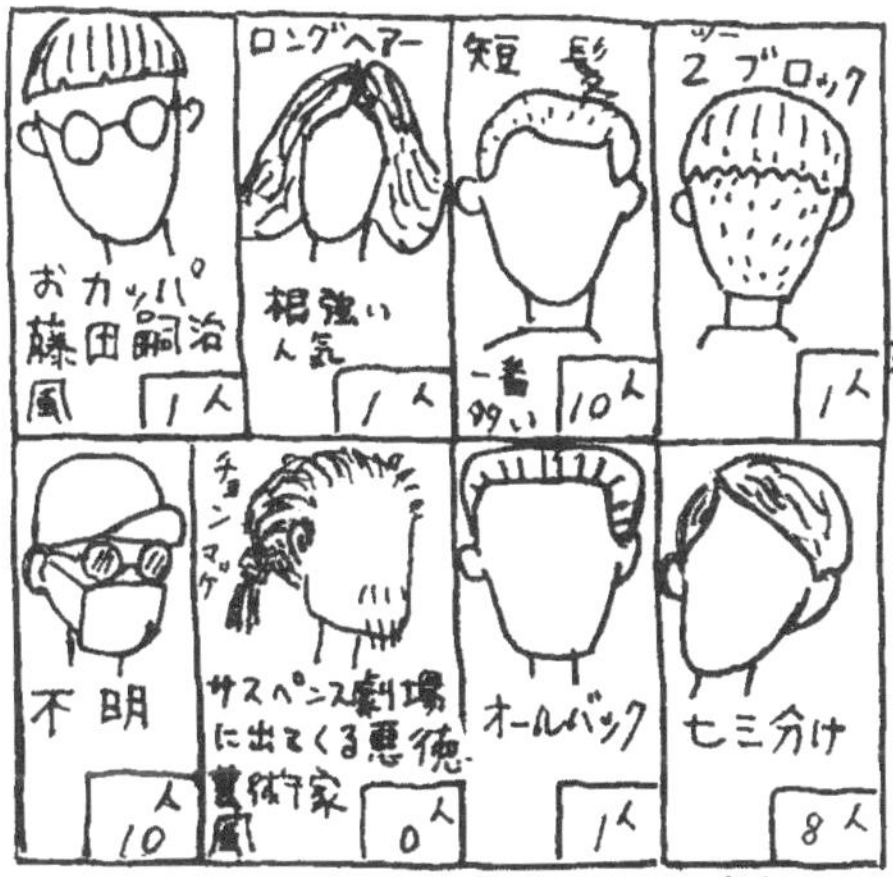

(男性だけを集計しました)

第4章 おわりに

白髪頭はどんな髪型が似合うでしょうか。ぼくは白髪のうえに顔がでかいので、どんな髪型も似合いません。

若いころ背は高いわ、顔はこまいわ、で女の人にようもてとった友人がおりました。いつもねたんどったんですが、彼も齢とともに太り、顔も3倍ぐらいになりました。もう女の人にもてません。(ザマミロ。)

いかん! 顔の話やのうて頭のそれも白髪頭の研究でした。

お酒による赤面の研究

赤く塗ってください

第1章 はじめに

ぼくはお酒が弱いんで、ちょっと飲んだだけで顔が真っ赤になります。そのにお酒が好きです。歌がものすごいドヘタなのにカラオケが大好きな人に似とります。

研究
神山恭昭研究所

というわけで今回は飲酒による赤面の研究です。

『赤面経過図』(私の場合)

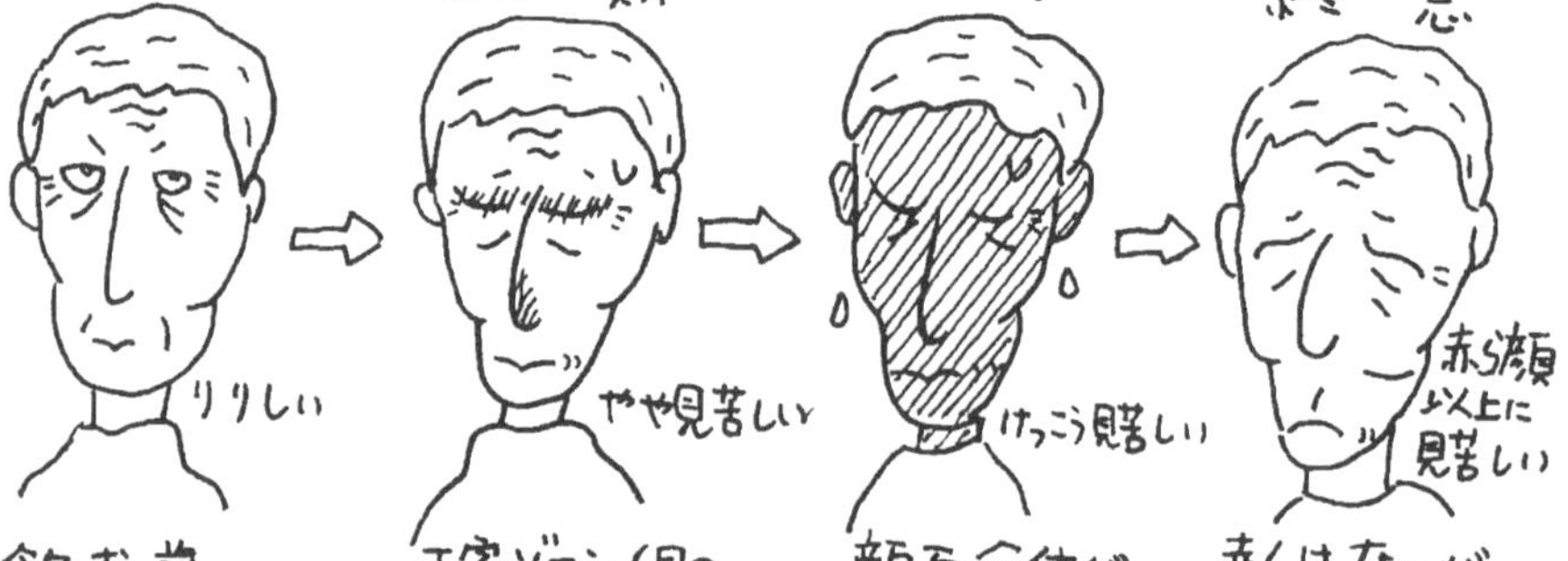

第2章 飲酒赤面とは

一般的にお酒を飲んで顔が赤こうなるんは恥ずかしいことと思われとります。

次のようなもんが主な理由やと思います。

① ふう※が悪い(※体裁)
② 下戸《げこ》が露呈《ろてい》する
③ 有能な人と思われにくい
④ 隠れ飲みがバレる

赤面の原因は飲酒で出来たアセトアルデヒドを分解する能力が低いからであって、本人のいろんな能力が低いわけではありません。

わしの

日本社会では酒の強い人が有能というまちごうた考えがまん延しとるように思います。

第3章　飲酒赤面実験
実際に各種のお酒で赤面化の実験をしてみました。

赤面化判定委員会
「もう顔が赤いと思う人は赤旗をあげてください」

飲酒赤面実験　　いずれも空腹時

種類	量	赤面化経過時間 初期	ピーク	終息	費用	備考
日本酒	1合	15分後	40分後	130分後	238円	
ウィスキー	40cc	12	25	120	73	
ビール	350mL	25	85	不明	130	途中で寝てもた
ワイン	100cc	17	70	100	66	
しょうちゅう	60cc	20	100	140	72	
みりん	40cc	0	0	0	40	赤こうならんかった
奈良漬	8切れ	0	0	0	145	からかっただけ
合計	770ccと	／	／	／	764円	

（経過時間は酔っぱらっているのでやや不正確です。費用は実験量の金額です）

種類に関係なく早い段階で赤面化し、結構長時間赤ら顔であることがわかりました。情けない・・・。

第4章　おわりに
お酒を飲んで赤こうなるんが嫌やったら飲まんかったらええんです。あの高倉健は下戸で有名やったんですが、本当は飲めるけど、赤面化する自分が許せんので飲まんかったそうです。ぼくは高倉健やないんで、ちょっとのお酒で顔が赤こうなろうが黄緑になろうが、平気です。

地ビールをのみながら地小説を書こう!

テーマ

研究

神山恭昭研究所

第1章 単なる思いつき

ある日、地ビールを飲んどったら、世の中に地ビールや地酒があるように小説にも「地小《じしょう》説《せつ》」というのがあってもええんやないやろうかと思うたんです。有名小説やベストセラー小説やのうて、この地ビールのように味のあるこの地方にしかない地小説です。

第2章 さっそく書く

さっそく自分も地小説を書いてみました。題して⇨

『別府町の梅子』（べふちょうのうめこ）というもんです。

「別府町の梅子」あらすじ

昭和38年の冬、松山市立津田中学生伊豆山安吉《いずやまやすきち》とその友人とが別府町のあぜ道を歩いていると、津田中学でも一、二の美少女梅子が泣きながら駆《か》けてきた。ただごとではないと思いながらも彼らは梅子に声をかけられない。劣等生はそんな立場にないからだ。安吉らは梅子が肥だめにでも落ちたかとはじめは心配したが、やがてあらぬ妄想へと発展していく。翌日真相が判明。それはあまりにもしょうもない…。

地ビール

ほかにも鴨川町に住む双子の兄弟のせつない恋を描いた『双子鴨川愛の行方』（ふたごかもがわあいのゆくえ）や自称小説家で元教員の円山重卓《まるやまじゅうたく》が住む北斎院町の市営丸山住宅を訪ねてきた若い男女がいきなり玄関先で脱衣しはじめる『市営丸山住宅我が師の恩』（しえいまるやまじゅうたくゆがしのおん）というのなんかも書いとります。

なんでも研究
それでも研究
わしの

第3章　地小説大賞

地小説大賞
というのがあると
楽しいと思います。
賞品は消しゴム
とか風船ガムぐらいしか出せ
んし、表彰式なんかも道ばた
でしかできんかもしれんけど、
きっと盛り上がると思います。
そこで大賞の応募要項

らしき物を考えてみました。

要項（案）

1、地小説も小説やからエッセイや紀行文、自慢話、難儀《なんぎ》話ぐち、嫁や姑の悪口なんかはダメです。

2、地小説やから方言で書かんといけんということはありません。標準語でもオーケー。

3、長さは400字詰原稿用紙2枚とします。（本誌「地名さんぽ」でおなじみの堀内統義さんの助言によりました。）

第4章　おわりに

今回の研究（おもいつき）を通して発見したことは、もっと気楽に小説を書きたい、書こうということです。

「地ビールをのみながら気ままに地小説を書こう！」ということです。

つくり話やうそ話をこしらえるんは本当におもしろいです。発表したり、応募したりするのが嫌な人は、誰にも見せんとひそかに書いて、わけのわからん地小説をようけ残す、ほれもええ人生やないですか。

自称《じしょう》 地小説《じしょうせつ》作家《さっか》

松山大《だい》小屋《こや》研究

小《こ》屋《や》萌《も》之

研究

神山恭昭研究所

第1章 ◎アトリエ小屋を建てる！

こう見えても、ぼくは現役の芸大生（通信制）なんで、たまに怪しい油絵なんぞを描いたりするのです。しかし油絵というんは、汚れるし、臭いし、散らかるしでわりとぉおごとなんです。こんもうてもええから（一畳ほどの）アトリエが欲しゅうなって自分でこさ↘

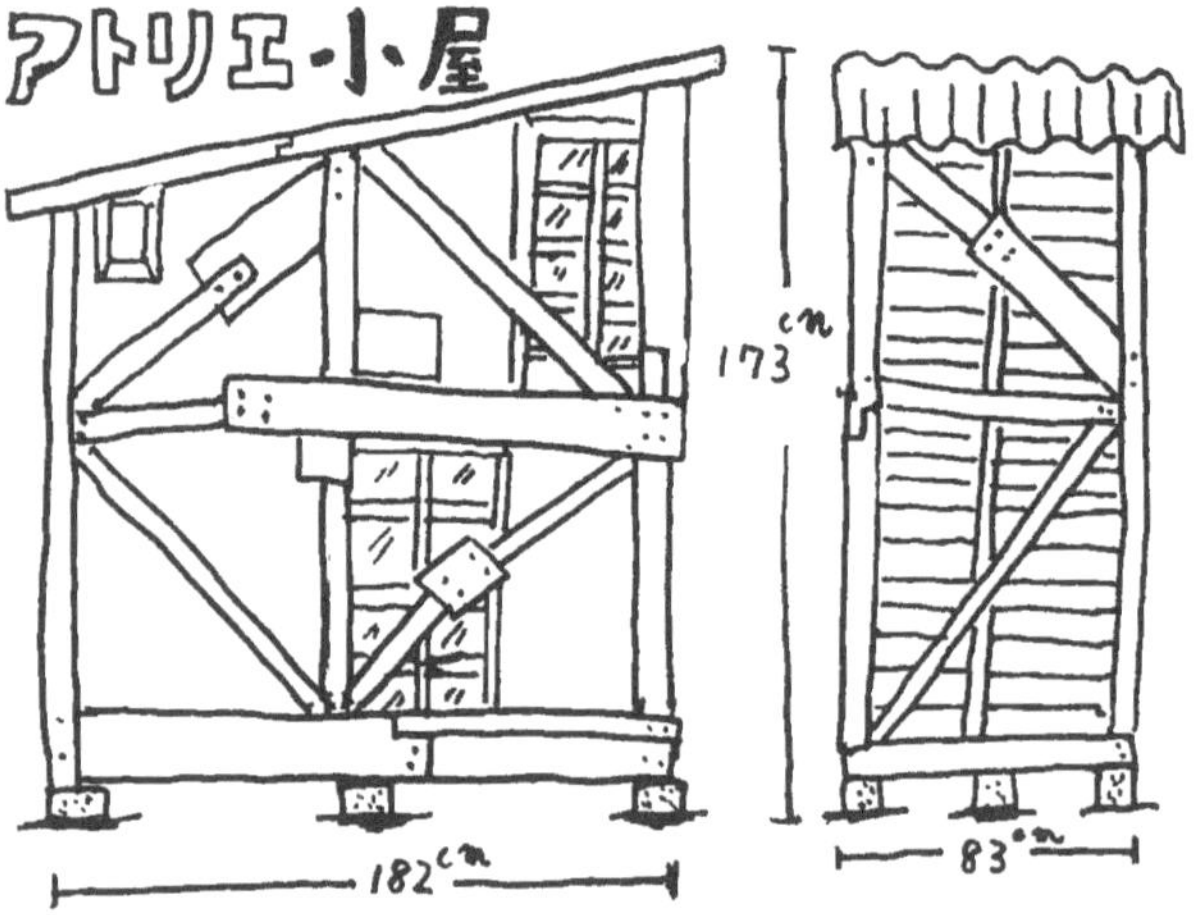

えることにしました。設計図も書かずに行きあたりばったりで、ど〜んとやるのです。うまいことにもろうた木ぎれやドアや窓や額縁がようけあったんで、ほれらを使うことにしました。けど大きさも長さもまちまちで、つぎはぎだらけで、おまけに強度を高めようとスジカイをあっちこっちに入れたら、満身《まんしん》創痍《そうい》の敗残兵みたいになってしまいました。

しかしアトリエ小屋ができたもんの、なんぼにもこん中《なか》で絵を描く気にはなれんので、今は自転車置場になっとります。↖

完成前からガタッキがひどい

研究ひとくちメモ

尊敬する海洋学者(と言うても同い齢)の柳哲雄氏は、研究に行き詰った時、自分をコブする方法として、漁民とのつきあいをあげています。困っている知り合いの漁民を喜ばせたいそうです。(『里《さと》海《うみ》創生論』より)うむ…高倉健みたい。

てわしの

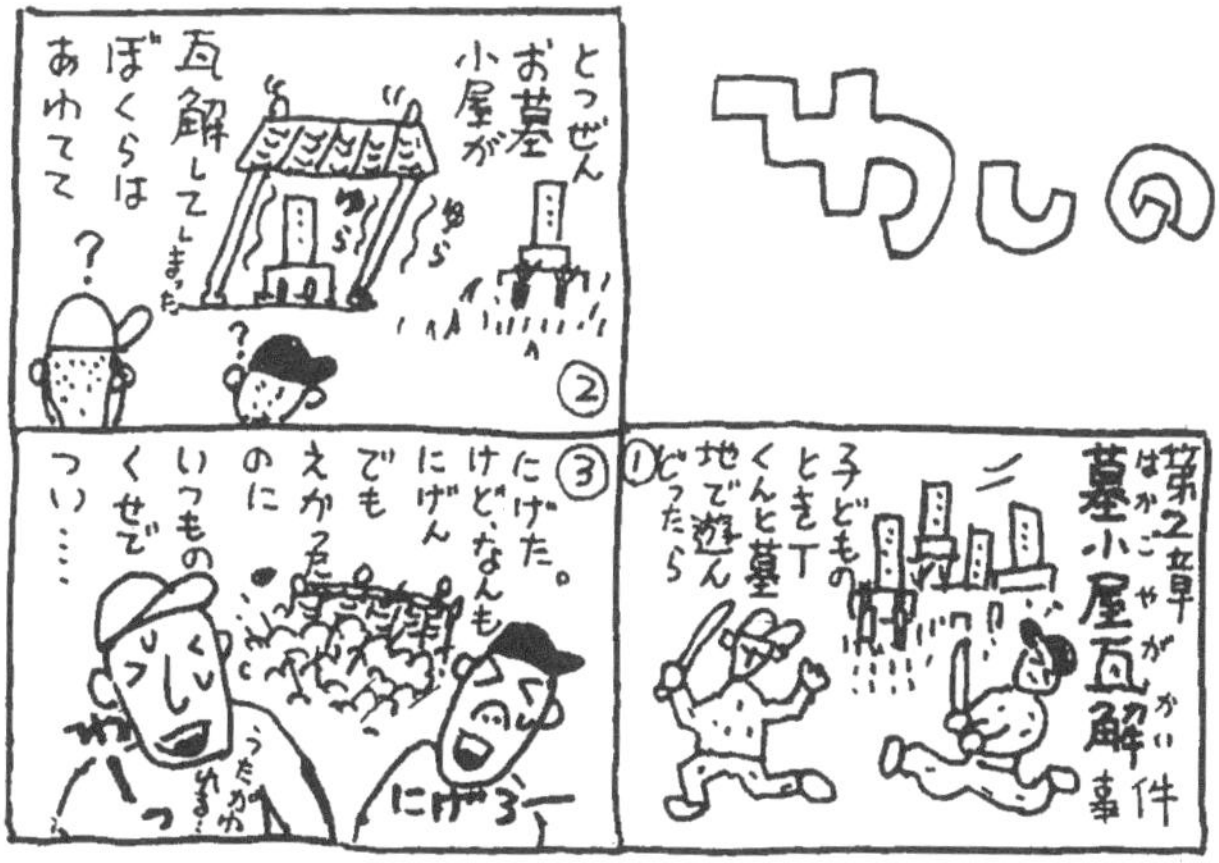

第3章

◎松山地方の小屋の観察と分析

今回アトリエ小屋(現自転車置場)建築にあたり、松山地方の小屋について観察しました。

松山小屋学
考《こう》現《げん》学《がく》風

郊外タイプ

○老画家のアトリエ風。全体がトタンでおおわれている。サビ具合がいい。

○K町の山の中腹にある小屋群(団結小屋風)

○犬小屋くらいの大きさ

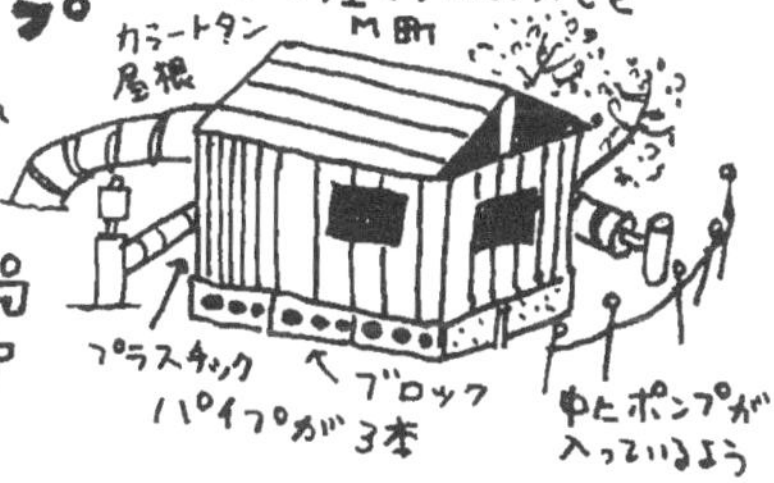

第4章◎研究成果

小屋というても行きあたりばったりでこしらえるんやのうて、設計図の作成、材料の吟味、建築理論及び技術の習得が必要やということがようわかりました。

今回も研究というよりただ小屋を建てただけでした。

街中タイプ

松山地方の小屋として地域的な特色があるかと思ったけど、特にありませんでした。

お城山

後ろ向《む》き歩き登山

第1章　研究動機

前回の研究の時、堀え内公園で後ろ向き歩きの人を見てから自分もしとうたなりました。

第2章　実行

ほれで去る11月25日朝6時30分、わざこざ堀え内公園へ後ろ向き歩きをしに行ったんですが、ようけ人がおって恥ずかしゅうて、できません

研究

神山恭昭研究所

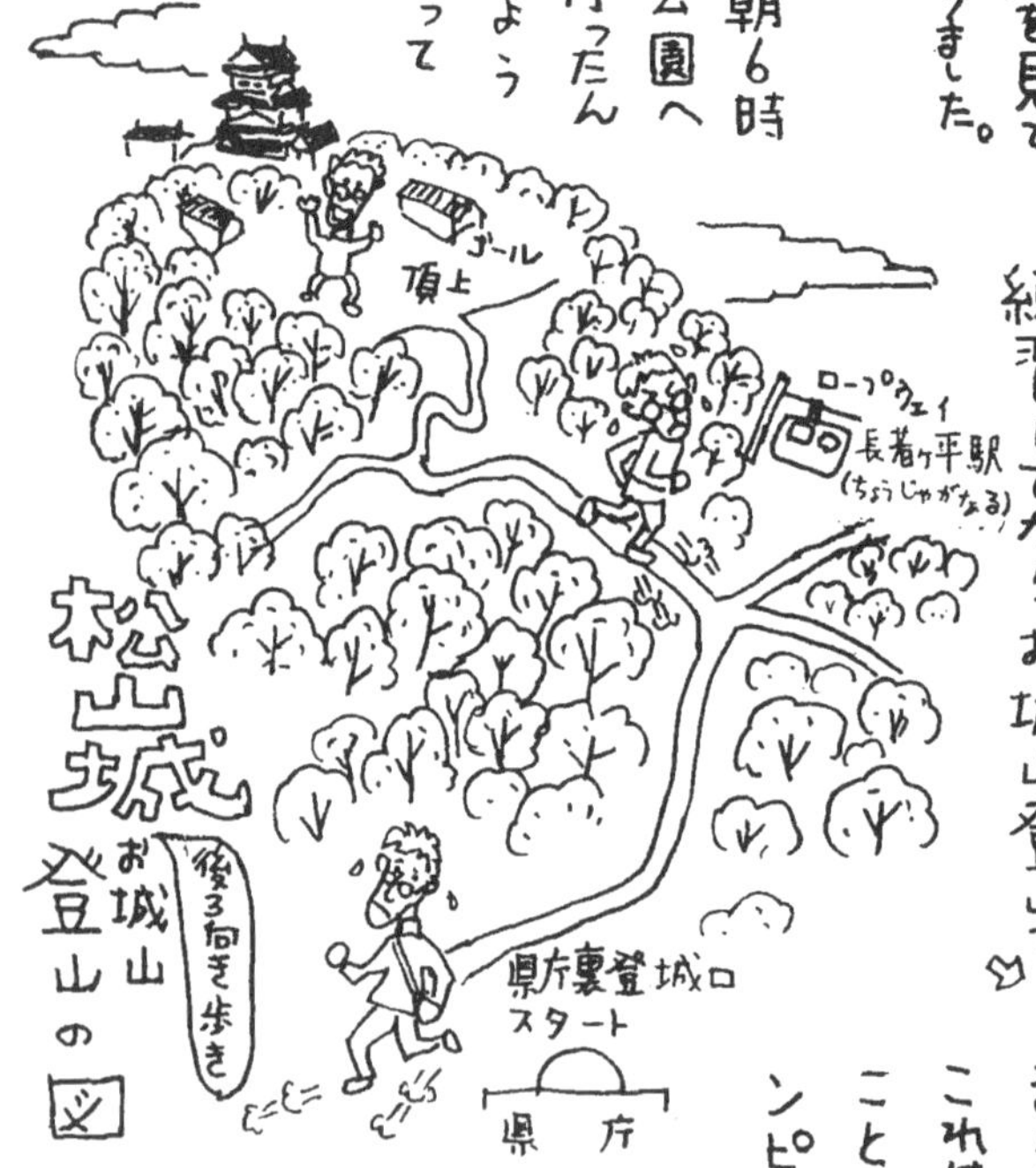

でした。しょうがないので、県庁裏登城口からこっそり後ろ向き歩きでお城山に登りました。

本当は1週間くらい平地で練習してからお城山登山をするつもりやったんですが、いきなり登ってしまいました。

これは町内の運動会にも出たことない人がある日突然オリンピックに出たようなもんではないかと思うたりもします。

ロープウェイに後ろ向きに乗っても、後ろ向き登山をしたことにはなりません。

わしの

第3章 登頂

歩き始めて8分で足が痛うなって、ロープウェイに後ろ向きに乗ればよかったと後悔したんですが、さすがにそれはちがうやろとあきらめて、頂上をめざしがんばりました。

山頂までの時間と歩数

	所要時間	歩数
後ろ向き歩き	20分29秒04	1,535歩
前向き歩き	12分26秒45	1,256歩

・後ろ向き歩きの方が時間がかかる。歩幅もせまくなって、歩数がふえる。

20分くらいで頂上に着き、それなりの満足感と達成感がありました。お城下の景色がきれいでした。

下りも後ろ向き歩きで出発したんですが、ガケからこけ落ちそうになり、途中でやめてしまいました。

第4章 結論

今回実験してみてわかったんは「足がもつれる」、「ひっくり転げそうになる」など危ない面があったことです。

ほれに後ろ向き歩きをしとったら、乗り物酔いした時みたいに気持ちが悪うになることもわかりました。

要するに人間はあんまり後ろ向き歩きで登山するようにはできとらんと思いました。（つまりせんほうがええ）

後ろ向きの人生（歩き）

松山嫌学の研究

松山弁の巻

どんなに好きなもんでもどこか嫌いなとこがあるもんです。そんな嫌なとこをあえて研究するんが嫌学（いやがく）です。今回は嫌いな松山弁について調べました。

研究 神山恭昭研究所

『第1章 嫌いな松山弁について』

キライ

松山在住の約50人から聞きとりました。その結果嫌いという松山弁、ことばの使い方に次のようなもんがあげられました。

キライな松山弁	例・意味・キライな理由・出身地・性別
「…げ」 	(例)やっとろげ（やってるだろ） しよろげ（しているだろ） 〔聞きたくない… 長崎 女〕
「…けん」 	(例)行くけん（行くから） ほじゃけん（そうだから） 〔けん、けん とうるさいけんキライ 松山 女〕
「…け」 	(例)もんたけ（帰ったのか） ほうけ（そうか） 〔なんか田舎っぽい。 松山 男〕
「…じゃ」「…じゃろげ」	(例)ほじゃろげ（そうだろう） 〔大キライ！ 兵庫 女〕
「おおどな」 	(例)なんてておおどな！（なんと大胆な！） 〔これを使う人といたくない。 松山 女〕

「早よせんかね」「どしたん？」 	（早くしなさい）（どうしたの？） 〔ほかにもあるけどこの二つが特にキライ 関東 女〕
「はがいたらしい」「あっかんしい」 	（はがゆい） (例)ごじゃを言われてあっかんしい（ごじゃを言われてうるさい） 〔この種のことばは苦手です。ワタシ… 伊予市 女〕

ぼくも「…が」とか「…げ」は苦手です。「ほじゃろが！・いくまいげ！（そうだろ！・だめだろう！）」とふたつを連続使用されると生きる気力を失います。ほれから「ぶちまわす」、「くらす」、「にやす」などはおとろしゅうてイヤです。

- ぶちまわす（なぐる）
- くらす（〃）
- にやす（打ちのめす）

わしの

第2章『使い方がヘンな松山弁・ことば』調査をしとって嫌いな松山弁というよりは意味がわからん、ことばの使い方がヘンという松山弁があるということがわかりました。

意味不明・ヘンな松山弁

「おはようございました・・・」

なぜ過去形なのかわからない。「こんにちはでした」、「こんばんはでした」と言わないのも不思議。岐阜男

松山に来てすぐ警察の人にそう言われたので松山の警察の人は皆そう言うのだと思った。新居浜男

ヘン！

「・・・わい」（例）行ってこうわい（行ってくるよ）

行くのか行かないのかよくわからない。山口男

「えらい」（例）山登りはえらい・・・（山登りはしんどい）

「非常に」とか「大変」という意味で使うことはあるが「しんどい」というのははじめて。今治女

「よもだ」（ふざけている）

南予では酔っ払いがぐずぐず言っているイメージ。松山より悪い印象。宇和島男

おもに年配の人が使う。松山人でもヘンに思う人が多い

ぼくも60年ほど松山に住んどりますが、最近までわからんかったことばがあります。「いでらしい」と「うずれる」です。はじめて聞いた時は大陸名と国名かと思いました。うむ・・・。

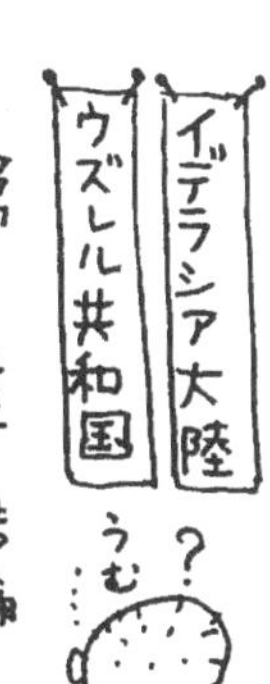

第3章 結論『方言に罪はない』

方言をダサいとか、ゲサクなとか、フウが悪いと言う人が多いんですが、同じ松山弁でも使う人によって受けるイメージが違います。つまり方言に罪はないということです。

人を憎んで方言を憎まずです。

うん？

ここに登場した松山弁は純粋なものではないかもしれませんがぼくのまわりの松山の人がよく使っている松山のことばです。

参考文献
『伊予の方言』武智正人著
『愛媛ことば図鑑』土井中照著 アトラス出版

テーマ

松山の玄《げん》関《かん》間口《まぐち》寸法《すんぽう》研究《けんきゅう》

研究

神山恭昭研究所

松山の陸の玄関と言うたらJR松山駅で海の玄関は松山観光港、ほして空の玄関は松山空港です。ぼくはこれらの玄関が好きで用もないのに時々行きます。

ところが⇨

松山観光港

ある日松山の玄関間口の寸法が気になって仕方のうなり、巻尺を持って測りに行きました。

1章 海の玄関間口調査

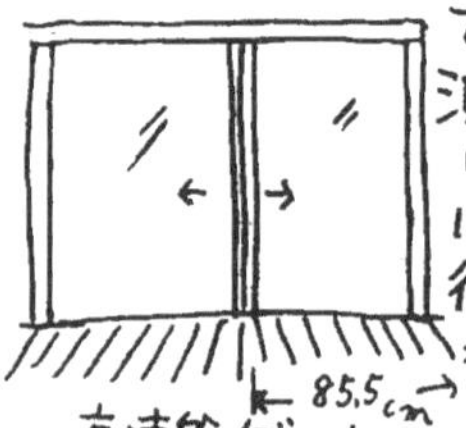

高速船ゲート

まず海の玄関松山観光港ですが、ここには高速船ゲートとフェリーゲートがあったんで、両方とも巻尺で測定しました。⇨

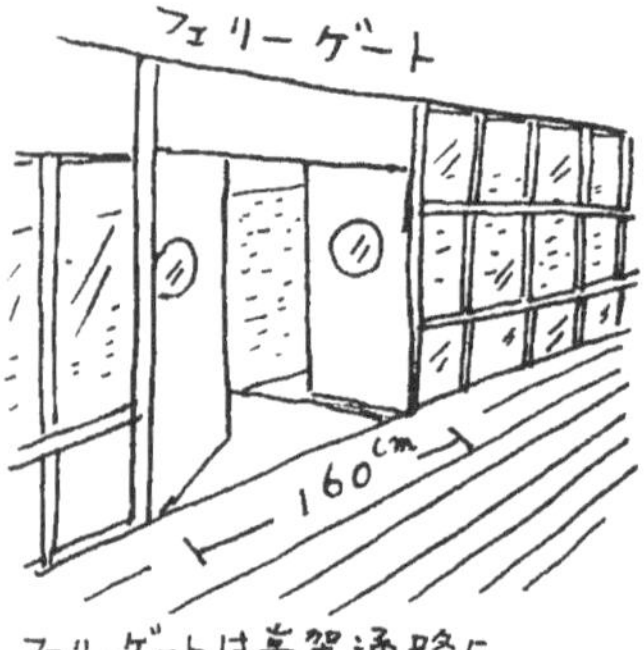

フェリーゲートは高架通路にあって、見はらしがとてもええのです。

2章 陸の玄関間口調査

次はJR松山駅です。ここの玄関は改札口やと思うんですが、あんまり駅員さんが近くにおるんで巻尺が使えず、指のしゃくとり虫運動で測りました。ほじゃからあんまし正確ではありません。

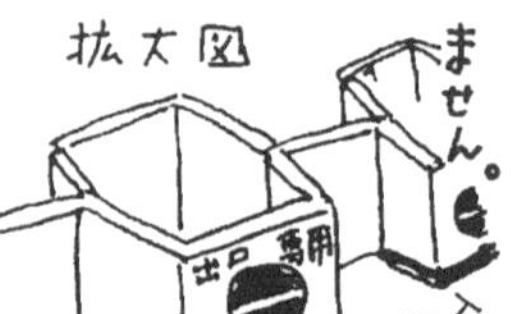

JR松山駅
改札口

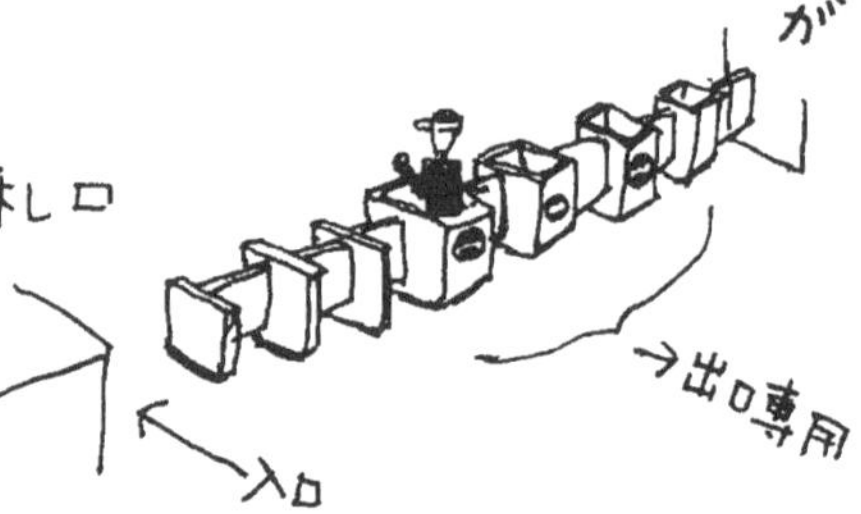

ちしの

3章 空の玄関 間口調査

最後が松山空港です。ここはぼくらが子どものころは吉田の飛行場とよばれとりました。滑走路をお百姓さんや吉田の海水浴場へ行く子どもらが歩いたりしとりました。わずか半世紀ほど前のことです。吉田の海水浴場は遠浅で、ほれはほれはきれいなところでした。

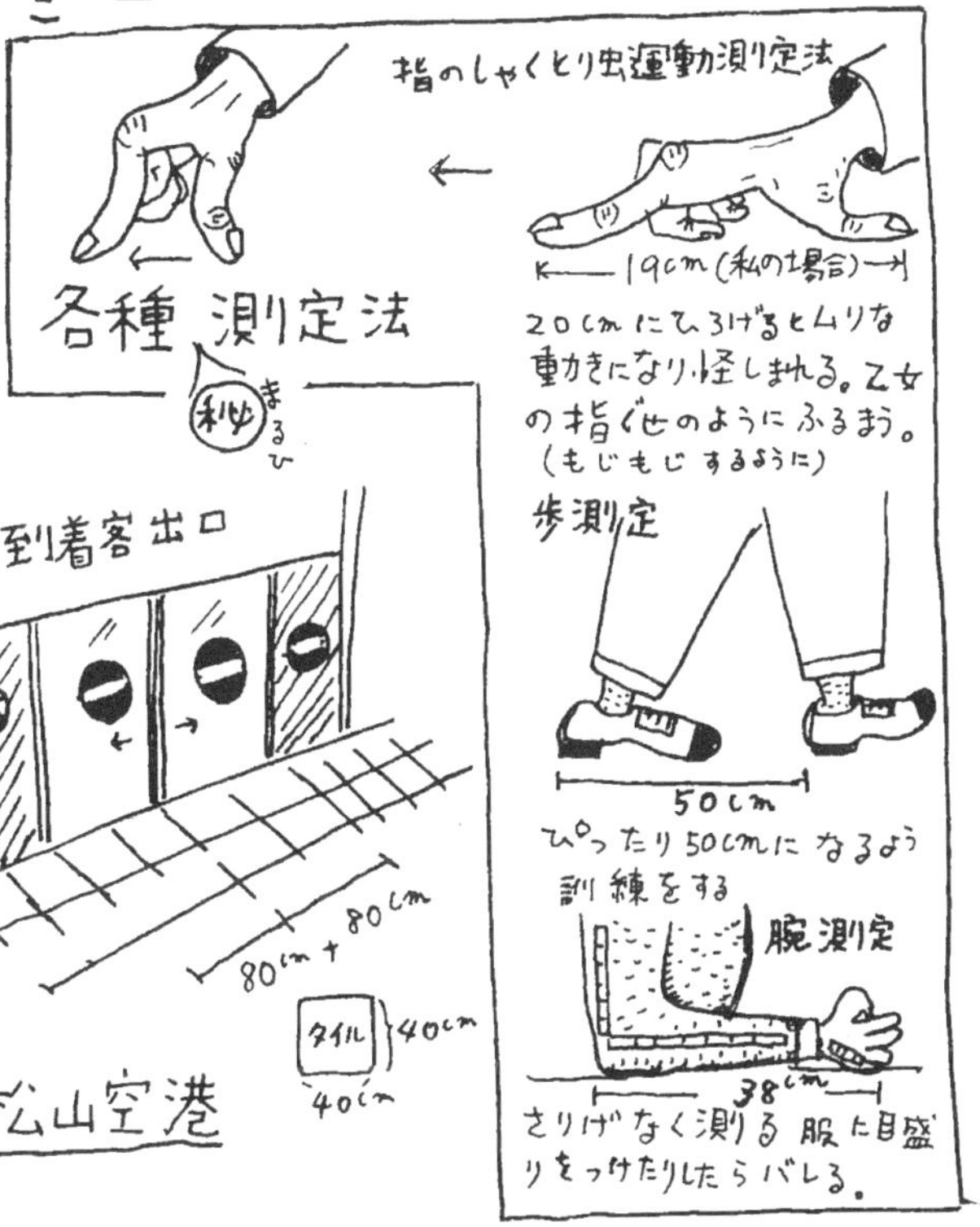

空港は巻尺やしゃくとり虫運動で測れるようなとこやありません。「特別警戒中」という大きな看板があります。変な動きをしよったら、国際テロリストに間違えられます。どうしようと思うとったら床にタイルが敷かれとって、その寸法から間口の広さを測定することができました。

4章 研究成果

公共の施設で観察、測定などの研究をするんは意外とむずかしい。ほれと松山の玄関の間口の寸法がわかっても、何の役にもたたんということがゆかりました。

忍者の思い出

高校二年の時、学校に忍者がやってきたことがあった。突然予告もなく午後の授業が中止になり、学年全員が体育館に集められた。余りに唐突だったので、ぼくらは授業がなくなった喜びを味わう暇もなかった。

ぼくらはどうせあの理事長のじいさんが個人的な都合、恐らく親戚か友達かに頼まれ、断わりきれず、忍者の興業を自分の学校で引き受ける羽目になったに違いない、などと悪口を言いながら初夏の午後のむっとするほど空気の濃い体育館にぞろぞろ集まった。授業がなくなったのでむろん嫌々ではなかった。

体育館のステージに校長の案内で現れた忍者は、中年と言うより初老に近い男で、そこいらにいそうな文房具屋のオヤジという感じだった。忍者は、最初は自分には見えないカードの数字を当てたり、長ったらしい数字の暗算をしたりで、手品師か計算犬のようなことをやってい

学校
ラザ

たが、やがて一人の学生をステージに上がらせて、瞬時のうちに催眠術をかけてしまった。

その学生が幼なじみの近所のTだったので、ぼくは近くにいた級友たちにそのことを自慢げに言い回ったが、皆はそれがどうしたという反応をした。ぼくはすっかり浮いてしまった。

催眠術にかけられた幼なじみのTはロボットのように操られていたが、二つの椅子の背もたれを橋脚のようにして仰向けに渡しかけられた。Tは完全に硬直していた。体全体ばかりか、その中心部もあきらかに硬直していた。それは最後部近くにいたぼくらにも、はっきりとわかるほどだった。そのため体育館を埋め尽くしているぼくらの笑いをひきおこしてしまった。ぼくはこの時ほど、自分達の学校が男子校だったことを自覚したことはなかった。

下品な笑いの渦にかなり気分を害した忍者は、やがて催眠術を解き、Tと芝居臭い握手をして別れ、再び一人だけのステージになった。そして、自分は長年の修行により頑強な身体となり、常人とは異なった能力を有するに至った、と言いながら上半身裸になった。用意した物干し竿ほどの長さの鉄パイプの端を若い体育教師たちに持たせ、裸の胸にぐいぐい押し付け、あっという間にヘアピン状に折曲げてしまった。

忍者は、どうだ恐れ入ったか、という具合いに胸を叩いて、勝者になった外国人悪者レスラーのように胸をふくらませたが、そのおおげさなポーズが催眠術の時以上にぼくらの笑いを誘ってしまった。
気の毒な忍者は怒りに額の血管を浮かび上がらせて、つぎの作業に移った。ステージの上にダチョウの卵ほどの石ころをいくつもいくつも運ばせた。そしてその一つを手のひらに置いたかと思うと、もう一方の手で、気合いもろとも叩き割ってしまった。あきらかに怒りをバネとした一撃であった。そして次から次へと石ころを素手で粉々に粉砕していった。

ぼくらはもう笑ってはなかった。しかし忍者の方にも誇らしい表情は失せていた。憤怒の忍者はあきらかに子供、いや孫ほどの年齢のぼくらに小馬鹿にされたという腹立たしさから興奮し、なかば焼けくそになっていた。ステージの床は砕かれた石ころの破片で足の踏み場もないほどに散らかっている。さぞかし先生達は床の傷が気になって仕方がないだろう、と思ったが、よく見ると彼らは忍者に同情しているような表情をしていた。

「これでもか。これでもか」と言わんばかりの、忍者の石割り作業は続いた。体育館の西側の窓からは初夏の強い光が差し込んでいた。普段どおり授業をしていれば、もうとっくに下校する時間にいつの間にかなっていた。

しかし忍者の右手は一向止まる様子はなく、徐々に機械化しつつあるように思われた。左手の上にのせられた石塊は、一度空中でぐるりと円を描いてから振り下ろされる右手によって、木っ端みじんになった。

それらの忍者の動作はオートメーションの「砂利石製造機」か「石塊爆砕装置」のように規則正しく、律儀で、丁寧で美しいフォームをしていた。

それをしばらく見ているうちに、ぼくらはすっかり感激してしまった。あっちこっちから、パラパラと拍手がおこり出し、やがて大拍手の渦となって西日にてらてらと熱せられている会場に響きわたった。

しかし舞台の上の忍者は、拍手にこたえる「装置」をも石塊とともに完全に粉砕してしまったのか、ニコリともせず、そして幼なじみのTと同じように中心部を硬直させていた。

おわり

やめた風呂屋のちびた煙突

　隣町の風呂屋がいつの間にか営業しなくなって、コンクリート製の大きな煙突が寂しそうにしていたけど、その煙突が営業していた頃に比べて背丈が少しちびているのに気づいたのは、転勤になり、風呂屋の前を毎日通るようになったある夏の朝のことだった。

やめた風呂屋よ！　煙突よ！　空よ！　（七五三俳句）

営業しなくなって用事のなくなった煙突は気がひけて、おのずとわが身を萎縮させていったのだろうか？　夜の間に人知れず数ミリか数センチずつちびていって、風呂屋の主人にさえも気づかれず、何ヵ月にもわたって萎縮し続けた煙突。

　そういえば人形の髪の毛なども人知れず少しずつ伸びていったりして、

「あれっ　お母様。この人形、前よりもお髪の毛が伸びたようにおもいませんこと」

明治の中ごろ、日差しの柔らかいある冬の日の縁側でのこと、母親によって数年ぶりに桐の箱から出された市松人形を見ながら、嫁入りを間近に控えた娘が言った。

「そうですか。私にはあなたが子供の頃遊んでいた人形と少しも変わってないように思えますけどね」

「いいえお母様。わたし、はっきり覚えていますの。この人形の首のこちら側に小さな傷があったのですよ。それがほら、髪の毛ですっかり見えなくなっていますもの。わたし、この傷が気になって仕方ありませんでしたの」

娘の桜貝のようなうす桃色した爪が指している人形の首に、小さいながらはっきりと欠けた傷が見える。

「そうですかねえ。私にはちっとも前と変わってないように思えますけどねえ」

まだまだ若々しさの残る母親が優しい笑顔で娘に言った。

人形の髪の毛のことはそれっきりになっていたが、その娘がやがて親の決めた相手の家に嫁ぎ、特にこれといった欠点のないおとなしい亭主に仕えて、二男二女をもうけ、その彼らも皆独立し、人生の大半を終えた昭和の初めのある冬の日、一番下の娘が小さな子供を連れて里帰りしていた。ちょうどその時、彼女は蔵の整理をしていて、嫁入り道具の中にしのばせて持ってきたあの懐かしい人形の古ぼけた桐箱を見つけた。あの日のように日差しの柔らかい縁側で、呼び寄せた娘と孫の前でその桐箱から市松人形をとりだすと、彼女は「あっ！」と声をあげてしまった。人形の髪の毛がなんと腰のあたりまで黒々と伸びていたのだ。

　というような話もこの広い日本のどこかで一つぐらいは本当にあるかもしれないのだから、風呂屋の煙突もひとりでにちびていっても不思議ではないと思う。

　風呂屋の煙突のことなどそれまでは気にもとめなかったのだが、やめた風呂屋のちびた煙突の一件以来少し気になり始めた。街で風呂屋のそばを通るとかならず煙突のかたちなどを観察するようになった。すると風呂屋の煙突はいくつかのタイプに分類することができ、それは地域的に同種の物が集合しているということまで判明した。ぼくが確認したのは、煙突にはだいたい三つのタイプがあって、ひとつは大砲タイプのもの、二つめは絵の具のチューブタイプのもの、そして土管鉄枠保護タイプのものだった。一番目のものは自分の住んでいる街に多く、二番目は駅より東側、つまりこの市の中心部に多く、そして三番目のタイプのものは、港に近いM地区に圧倒的に多かった。三番目のタイプは、ほかの物に比べて煙突が余りに弱々しい。

　その分、まわりを鉄製の枠が弱点を守るようにカバーしている。

で、それがどうしたのかというと、どうもしなくて、ただそれだけのことだった。

まぁいい。どうということはない。

ぼくが子供だった頃、家には風呂がなかった。風呂どころか家もなかった。いや、家はあったが二間きりの借家だった。それで風呂屋に行かなければならなかった。その風呂屋は町内にあって、町の名前の下に「温泉」という単語がくっついた名前だった。つまり「Ｍ住宅温泉」。

ぼくは父とこのＭ住宅温泉へ二日か三日に一度、夕食後出かけた。脱衣場の壁に農協が貯蓄をすすめるポスターが貼ってあった。ポスターには「こがね虫は金持ちだ。金倉建てた。家建てた」という図案文字とともにこがね虫が二、三匹金貨を背負って裕福そうな感じで突っ立っている奇妙な絵が描かれてあった。そのポスターのせいで、ぼくはこがね虫というのは本当に小金を持っているのだと信じきっていた。風呂屋へいくたびにぼくはそのポスターをじっと眺めた。風呂屋は満員の時もあれば、すいている時もあった。湯がぬるい時もあったが、熱くてたまらない時もあった。

風呂から出たぼくと父はすっかり暗くなった寂しい路地を歩いて市営住宅のわが家へ帰るのだった。それでその帰り道に風呂で温まって気分のいいぼくは、父に星や月のことなんかについていろいろたずねた。父も風呂で上気して機嫌がいいのか、実に素早くぼくの問いに答えた。

いま思うと答えは嘘だったかもしれないけど、気分のいい二人にとってはそんなことはどちらでもよかった。

東の方にＭ市の中心部の灯りが見え、夜空にはたくさんの星がまたたき、悲しそうな犬の遠吠えが聞こえ、外灯もなく暗い帰り道にぼくと父の下駄の音が響き、金《かね》の洗面器の中で石鹸がことこと小さな音をたて、節約のため電灯を消しているどこかの家からラジオの音が聞こえてきて……。

それはヤクザだった。ぼくとＭダンの二人しかいない土曜の午後の「敷島温泉」の湯ぶねにどたどたと入ってきたのは三人のヤクザだった。Ｍダンの大きめの頭も五分刈りでヤクザ風なのだけれど、目の前の三人は青アザのような入墨が体中にひろがっている本物のヤクザだった。三人のヤクザはケツも洗わずに湯ぶねに飛び込んできて、ぼくとＭダンは慌ててしまった。やがて三人は大声で話したり、泳いだりし始めた。ぼくとＭダンは三人のヤクザと視線があわないようにお互いの顔を見合っていた。にもかかわらず、やがてヤクザと視線があった以上のことが起こってしまった。

湯ぶねの中でぼくは電車の中のＯＬのように伸ばした足を絡ませていた。そのためぼくの足はとっさの動きができない状態だった。ヤクザ達が湯ぶねの中で泳ぎ始めた時、ぼくの足は湯ぶねの中央近くまで伸びていた。「あっ！　まずい」と思って急いで足先を自分の方へ寄せようとしたが、絡ませていた足は一度ほどいてからでないと、言うことをきいてくれない。そのためぼくの右足の親指が、一番若いヤクザのふぐりにあたってしまった。瞬間、ぼくは血の気がさぁっとひいていくのがわかった。

「あっ！　よくもオレのふぐりを……」

　若いヤクザの額と首にみみずのような青筋が何本か浮き上がり、目は座っていた。そしてもう一度ぼくを見て、みみず青筋男はすごむように言った。

「よくもオレのふぐりを意味もなくケッとばしてくれたな」という内容のことを下品な方言で言った。いや方言自体が下品なという意味でなく、方言の中から特に下品な表現をもつ言葉をえりすぐって、みみず男は言ったのだ。

　ぼくはもうすっかりうろたえてしまい、隣のＭダンにすがりつくおもいで手を伸ばした。が、Ｍダンはいつのまにか湯ぶねから出て、こちらに背を向けて体を洗っていた。彼はあきらかに聞こえぬふりをしているのだ。

　その後は悲惨だった。洗い場のタイルに落ちたぼくの鼻血が風呂の湯で薄まって、恐怖の液体人間のようにじわじわとひろがりながら移動していった。

　というようなことを目を閉じて考えていたが、幸い裸のヤクザはぼくの足先数センチむこうを通過していったので青筋をたてることもなく、無邪気に泳いだり、洗い場で持ち込んだパンツや靴下をごしごし洗ったりしていた。ぼくとMダンはロクに体も洗わずに浴室から出て、牛一頭から会社を興して地元では有力なメーカーになったM牛乳社の牛乳さえも飲まないで、慌てて敷島温泉から逃げだした。

　しかしぼくはその後も長い間この妄想に悩まされた。あの時、本当にヤクザのふぐりにぼくの足があたったとしたら……。

　ところで何の話だったか。そうだ風呂屋の煙突の話だった。人知れず、と言っても知っていた人もいるかも知れないが、ちびていった煙突をスケッチするため、ある休日の朝早くぼくは家を出た。自転車でなく歩いて行くことにした。歩いても家からは十分とかからない。道路の中央で気取ってスケッチしていたら、休みでない勤め人たちがバイクや自転車でぼくのそばを通り抜けていくので、気が散ってスケッチにならないうえ危なくてしかたない。おまけに風呂屋の隣にある家の屋根や軒、電柱や電線、看板なんかを描いていたらぐじゃぐじゃになってしまい、肝心の煙突を描く場所がなくなってしまった。風景の複雑さに腹がたったが、本当は自

分の絵を描く技術がおぼつかなかっただけだった。そうなってはじめてカメラを持って来ればよかったと後悔した。

その後、通勤経路を変えたせいもあって、ちびていった煙突のことはまたぼくの日常生活からはなれたものになってしまった。

ところがある小雨の晩秋の朝、遅刻しそうになり、坂道の少ない風呂屋の前を通る第三通勤経路を選択したため、驚くような（というほどでもないが）ものを見てしまった。風呂屋があの煙突を残して、すっかり瓦解してしまっていたのだ。

恐竜の骨　廃屋に　眠る　（七五三俳句）

つまり壊されていたのだ。しかしあのちびた煙突だけは残されていた。風呂屋は壁と柱が無残にも打ち砕かれ、屋根がひざまずく恐竜の背中のようにうねって地面までたれさがっていた。

煙突はひとり残され、前よりも一層寂しそうにみえた。しかし彼の根元は先端部分に比べ、がんじょうそのものだった。建物といっしょに壊されなかったのはあまりにも堅固だったからだろう。あらためて彼の風呂屋における存在の大きさみたいなものを知った。煙突があって後から風呂屋ができたにちがいない。

ぼくは翌朝カメラを持って出勤した。風呂屋が壊されたということは、やがてこの煙突も倒されるということだろう。

ところでコンクリート製の煙突はどのようにして壊されるか知っているだろうか。山の大木を切り倒すように根元を打ち砕いておいて「たおれるぞ〜」というわけにはいかないのだ。ぼくは昔、ある工場の巨大なコンクリート製の煙突が壊されているのを見たことがある。二人の屈強な男が煙突のてっぺんでハンマーを振りかざして、かわるがわる足元の煙突を打ち砕いていたのだ。

曇空の中にそびえ立つ煙突を砕きながら地面をめざす二人の男。ぼくはしばらく見ていたが、気が遠くなるような時間のかかる作業だった。灰色の背景に男達の黒いシルエット、機械のように正確で力強いハンマーの動き。それは美しく、悲しい光景だった。その時もカメラを持ってなかった。家にとりに帰ろうかと迷ったけど、結局しばらくみていただけだった。

二十年近くたつ今もあの時カメラをとりに帰らなかった自分の愚かさを悔やんでしまう。その時、頭の中ではスチールカメラでなく、８ミリのモノクロフィルムでこの光景を撮れば素晴らしい小作品ができるとまで頭の中で瞬時に企画ができていたにもかかわらず実行しなかった自分。

前日あった瓦れきの山は一掃され、地面はきれいに整地されていた。そして煙突はといえば、さらにちびて全盛期に比べて半分ぐらいになり、背負っていた鉄製の梯子が宙にとり残されていた。

写真を撮っていると隣の家の岩のかたまりのようなおばさんが物干し場から「おまえはそこでなにをしているのだ」と言いたそうにぼくを見た。

岩のかたまりににらまれたぼくは小さくなり、カメラを片付けると慌てて自転車に乗り、風呂屋跡から逃げだした。

おわり

夢みるシャンソン人形

一九七〇年頃のぼくらは騒然とした時代に便乗して、しょうもない遊びをしていました。いわば反体制ごっこみたいなもんでした。何せ反体制は当時の流行の最先端だったのです。しかしそれは真面目に反体制運動をしている人が知ったら、怒りそうなものでした。あほなぼくらは、権力側にとって脅威となる団体がいかにも沢山存在するかのように見せかけるため、一人でいくつものグループを作りました。つまり一人百社運動だったのです。

「民主学生戦線　あらし」とか「愛国学生同盟　黒薔薇」、「学生解放組織　白百合」などというのはほほえましくてよかったのですが、だんだんつける名前に困窮してきて、最後の方は「人民戦線　脂ぎった父の背中」とか「愛国同志会　男の腐ったような奴」、「汎太平洋解放友の会　いわしの頭」や「反米愛郷組織　厚き唇」、「愛国義勇軍　団地妻の身悶え」など内容的に訳のわからないものと化していきました。

でまぁこれらを沢山作って何をしたかというと、鉄兜をかぶってデモをしたわけでもアジビラを撒いたわけでもなく、大学近くの喫茶店で「あの野郎、俺を馬鹿にしやがって、〝民族愛国戦線　竜宮城の舞踊り〟をなめるなよ！」とか「二時間立ち読みしたぐらいで、古本屋のおやじがよぉ、追っかけてきてようぉ、万年筆のインクを俺の背中に飛ばしやがったのよ。今に見てろ！〝西日本解放戦線　母の総入れ歯〟の恐ろしさを教えてやるからな！」と、ぶつぶつと言うのが関の山だったので、誰にも知られることもなく、ぼくらの生活には普段と変わったところは何もなかったのです。

　しかしなんせ一人百社ですから、三人いれば三百社にもなる、恐ろしい勢力だ、とぼくらは真面目に考えていましたが、ほとんど小学五年生の頃に近所の同級生と二人で作っていた「悪の組織コーモリ団」というのと変わりなかったのです。小学五年生にもなって「コーモリ団」というのも何か幼稚で困ったものだったのですけど、もっと問題なのは大学生になってもそれと何ら変わりのないことをやっていたことでした。

　ところが正月も過ぎたある冬の寒い日の午後、図書館の新聞閲覧室でダベっていたぼくらのところへ、突然Ｔという男が現れました。Ｔは昨年の東大安田砦の攻防戦にお隣の国立大学のＹとともにこの地から選抜されて参戦し、逮捕され、最近やっとＭ市へ帰ってきたという恐るべき男で、その業界ではかなり名が売れていました。

　Ｔはぼくの前に突っ立ったままでしばらく黙っていました。Ｔはなかなかハンサムな男で、俳優の川津祐介に似た都会的な甘いマスクをしていました。目の前のＴは渋い焦げ茶色のダッフルコートのポケットに両手を突っ込んだままで、口には火のついていないハイライトをだらしなくくわえていましたが、それが実にさまになっている、と言うか、絵になっているというか、とにかくカッコよかったのです。

　ぼくは一瞬のうちに、ＴのダッフルコートがＶＡＮとかＪＵＮとかの上等のものであることに気づきました。それに引き換えぼくの着ているナイロンヤッケは先週、新聞の折込広告を見て、一番町にあるスーパーニューいづみで、姉が四百八十円で買ってきてくれたものでした。「安い！　安い！」と喜んで翌日さっそく学校へ着て行ってみると、校内に安売りのヤッケの花が咲いているという代物だったのです。ぼくは思わずヤッケの袖の中に両方の手をすぼめさせてしまいました。

「Ｔです」とＴが言いました。

「いや、お名前はかねてよりうかがっております。お勧めごくろうさんでございました」

　と、言おうとしてこれではまるでヤクザの挨拶ではないかと気づき、思いとどまりました。

そして「こんにちは」とだけ小声で言いました。

「うちの大学にもやっとそれらしい動きがでてきて注目しています」

Tがダッフルコートからサンキューマッチの小箱を出してきて、くわえっぱなしにしていたハイライトに火をつけながら言いました。

「われわれはご存じのとおり日本の変革のために闘ってきました。この国の虐げられた人民の解放と日本国政府の悪政に対し広範な労働者、市民、学生諸君と連帯をともにしてきたわけであります。全国の大学において戦いは繰り広げられ、昨年の東大安田講堂の熾烈な戦闘は一見われわれの敗北に終わったかに見えますが、これはより広い闘いの始まりでもあるのです。大学での戦いはより進歩的な全国の学友諸君によって引き継がれました。個別にはこのM大学においてもわれわれは新たなる地平を求めて闘っていきたいのです」

というようなことをTは言いました。何故「というようなこと」かと言うと、難しいところが多くて、よくわからなかったのです。これだけでもよくわかったものだ、と我ながらヘンに感心しました。

Tの口調はおだやかで静かでしたが、何か腹がすわっているといった力強さがありました。そして目がギラギラ光っていたのです。

「そこで君達のお力をぜひ借りたいのです」

「ぼくらの……?」

「最近校内でよく噂を聞きます。様々な進歩的な学友諸君のグループが発生しているということを。そしてその頂点にいるのがK君! 君だということを!」

「……」

「昨年の暮れ君は初へ哲研を組織しましたね」

「ショヘテツケン?」

「そうです。初期ヘーゲル哲学研究会です。使われなくなった教室をサークル活動のボックスとして改造中の寒々とした空き部屋で君達初へ哲研の声明文を見ました」

そういえばぼくは冬休みに入って間もないころ、十畳ほどに仕切られた改築中の小部屋の真新しいベニヤ板の壁に「初期ヘーゲル哲学研究会只今参上」という落書きをした紙を貼付けたことを思いだしました。

落書きを貼付けた次の日、その小部屋をいてみると、ぼくの張紙の横に別の紙が貼付けられていました。

〈今回このような動きがこの圧殺された本学においても出てきたのは喜ばしい。さてヘーゲルのおびただしい作品群の中からなぜゆえ初期の作品に諸君が注目されたのか、ルソー、カントと続く哲学山脈の……うんぬんかんかん〉

　しかしぼくはヘーゲルを読んでなかったのです。次の日、例の空き部屋を覗くと、〈なぜ答えぬのか〉という張紙がしてありました。さらに次の日は自分達の主張がカレンダーか何かの裏にながながと続き、最後に〈へ哲研よ！　答えよ！　どあほ〉と書かれたものが貼付けられていたのです。

　次の日もその次の日も似たようなものが貼付けられていました。

　一週間ほどたち、ぼくは〈すまん。わしが悪かった。許してくれ〉と新聞の折込広告の裏に書いて、今や姿の見えぬ者によって部屋中におびただしく増殖された主張の最後の部分の隣にちょこんと貼っておきました。

　二、三日してその部屋の前を恐る恐る通ってみると、部屋の入口には鍵が掛けられ、「無断・で部屋を使用することを禁ず　学生課」というちゃんとした字で黒々と着かれた紙が貼ってありました。

　Tが続けました。

「来る二月十日の学費値上げ粉砕総決起集会にぜひ結集していただきたいのです」

「……」

「君達の結集により我々は〇〇一派のデマゴギーを粉砕し、我々がヘゲモニーを奪還し、より大衆的・前衛的・急進的な運動へとこの学費値上げ粉砕闘争をひろげてゆき、世界同時革命への道を模索し…うんぬんかんかん……」

すっかり頭が痛くなってしまいました。Ｔと別れて大学を出ると、もうすでにあたりは暗くなっていて、ぼくのように痩せさらばえた電柱に吊された裸電球が、弱々しい明りをともしていました。街の中心部から離れていて狸でも出そうなくらい寂しい大学周辺は、学生の姿もまばらで、闇の中にどんどん沈んでいくように思われました。

そして当日、二月十日の午後、Ｍ大学学費値上げ粉砕総決起集会のひぶたは切って落とされた。というほどの盛り上がりはありませんでしたが、ぼくはひとつ年上のＳとひとつ年下のＭの三人で集会に参加しました。

会場の二十号大教室には、Ｔたちと対立する〇〇一派がずらりと前列を占領し、にやにやしていました。「お前ら少数派になにがでけら～」と言わんばかりです。

その後ろに五十人ほどの一般の学生がまばらに座っていました。どちらかと言えばステージのほうが賑やかでした。Ｔの率いるＭ大学生会議、そのシンパたち、そして隣の国立大学の全共闘の面々が横にずらりと並んで、パイプ椅子にえらそうにふんずりかえって座っていました。Ｔをはじめ皆が鉄兜をかぶっていました。鉄兜の色がセクトによって塗り分けられているのですが、人数の割に色数が豊富でした。

問題なのはそんなことより、学費値上げ粉砕などのスローガンが幾本もステージの壁に派手に貼付けられていたのですが、その主張団体の中に「初期ヘーゲル哲学研究会」の文字がでかでかと書かれたものがあったことです。

ただそれだけならまだよかったのですが、それらの主張団体の代表が一人一人、Ｔの司会で挨拶をはじめたのです。そしてとうとう初期ヘーゲル哲学研究会の番が回ってきたのです。

Ｔが「では続いて初期ヘーゲル哲学研究会の諸君にお願いします」と壇上の中央にあるマイクの場所まで出てきて言いました。

ぼくは唾をのみこんで左右をみると、ＳもＭもいません。二人はいつのまにか逃げていたのです。

しかたなく壇上に上がると、大した数の学生がいるわけでもないのに、ぼくはひどくあがってしまいました。そうでなくてもまだヘーゲルについては一冊も読んでなかったのですから、何をしゃべっていいのかわかりません。壇上から見ると、最前列を占領している○○一派の連中の顔がよく見えました。かれらは集会のはじまった時のようには、にやにやしていませんでした。

「お願いします」のTの声がぼくをせかします。

「えー。こんにちは。いやもうこんばんは、の方がいいかな」

　未知の新たな敵に身構えていた○○一派の連中の緊張がどっと崩れていくのが感じられました。

「われわれは初期ヘーゲル哲学研究会といいます。おもにヘーゲルの初期の作品について研究しています」

　ここまで言って、ヘーゲルについて質問されたらどうしょう、とぼくはドキドキしました。

「なぜ初期の彼の作品にわれわれは傾注しているかと言いますと、初期マルクスの論文と同じく瑞瑞しいからです。なんでもだけど、瑞端しいのが一番です。その人のそれからの人生でいくら沢山の経験や知識の収得や学習が出来たとしても、おそらく初めの頃の初々しいものに比べたらどれほどの値打もありません。年取ったらもういけません。うちの母なんかもそうよく言います」

　ここまで言ったら、それまで静かだった会場から、こらえても鼻から漏れる笑い声やひそひ

当局ワヲ
学費値ニ
ユナミハー

そ話しが聞こえてきはじめました。

「母の言うことはほぼ正しい、とぼくは思います。大人の言うことは信じられなくても、母の言うことは信じられます。父は戦死したので、母は女手ひとつでぼくを大きくし、学校へ行かせてくれました。女手ひとつと簡単に言いますけど、そりゃ戦後の混乱期に女親だけで五人の子供を育てるのは大変でした。そんな母をぼくはだましてはいけない。母の期待を裏切ることは許されない。母の恩に報いろうと心に誓ったのです」

ここまで喋っておいてぼくは自分の父は健在であり、兄弟は姉だけだし、おまけにぼくは昭和二十四年生まれであることに気づきました。

「いや、だから、つまり、何が言いたいのかといえばですね、ぼくらはつまり、そうその授業料の値上げは非常に困るわけで、そんな人の嫌がることをしてはいけません。人の道に外れます。だから値上げはなんとかやめていただけんもんだろうか、と言うようなことをわれわれわあ〜断乎〜」

「何を言ってるんだ」

「ナンセンスー」

「おまえの身の上話なんか聞きとうないわい」

「バカたれー」

「わぁーわぁー」

「ヘーゲルはどうなったんや」

「どあほー」

「へっこめー」

堰を切ったように罵声が壇上のぼくにめがけて浴びせられました。前列の○○一派は涙を浮かべ、腹を抱えて笑っています。背後にいるTやその仲間達の恐ろしく尖った視線が、ぼくの背中に幾本も突き刺さるのが分かりました。

ぼくは太平洋に浮かんでいる小舟のように完全に孤立していました。いやそうではありません。太平洋のまん中に浮かんでいる小舟のように今すぐひとりぼっちになりたかったのです。そして激しい羞恥心と絶望的な孤立感からぼくは、壇上で知らず知らずのうちに「夢みるシャンソン人形」を口ずさんでいました。

「わたしはゆめみるシャンソンにんぎょうーォ」

特に好きな曲というわけではなかったのですが、ヤジの中に「馬鹿野郎〜。歌でも唱え！」というのがあったからです。

「こぉころに～いつもシャンソン　あふれるにんぎょう～」

それはいつしか壇の上下を問わず、野太い声の大合唱となって、ここ二十号大教室に響きわたっていきました。そして壇上でも全員が肩を組み合って歌いだしました。

「わたしわぁ～ゆめぇみるう～シャンソンにんぎょう～」

おわり

電信柱と寂しい夜

十一月九日は土曜日だった。翌十日は父の「喜寿のお祝い」と「父の誕生日」がいつのまにかひとつになって、「喜寿のお誕生日」ということになっていた。恐らく子供達がそう言い始めたのだろう。いやひょっとしたら自分だったかも知れない。「喜寿のお誕生日」は土曜日の夜することにした。そうし向けたのは、ぼくだった。十一月十日は日曜日でお祝いをするにはうってつけだったけど、ぼくはある魂胆のためにいろんな理由を見つけてきて、前日の晩片付けてしまおうとしていた。

新聞の美術欄で知った「ベンシャーン展」を見るためにぼくは、日曜日には大阪にいなければならなかったのだ。その新聞記事は今回のような大規模な「ベンシャーン展」は、今世紀最後のものであろうと締めくくってあった。ぼくはいてもたってもいられなくなり、展覧会が催される大丸ミュージアムへベンシャーン展のチラシを送ってもらうよう請求した。字が下手なので請求の手紙はワープロで書いた。返信用の自分の宛名もワープロで打った。そして妻にどうしても「ベンシャーン展」に行きたいことを告げた。妻はひとりが展覧会だけを見るために大阪まで行くのはいかにももったいないから自分達も行く、と田舎の女子大生が老けたような顔をしてうれしそうにぼくに言った。ぼくが展覧会を見ている間は、自分達はそこらをぶらぶらしているからいっこうに心配ないとつけたした。

　妻の理屈がぼくにはわからなかった。いかにももったいないというのは、ぼくひとりだけが行くことではなく、家族全員が用事もないのに大都会に行くことの方ではないだろうか。

　しかし妻はすでに大阪行きの計画の準備に入っていた。夏休みにどこかへ行くためにとって置いたお金を使えば家計費を取り崩さなくて良いはずだと、はしゃいでいた。それにどうせ大阪へ行くのなら、大阪の短大時代に世話になった伯父が入院しているからお見舞いに行こうと提案し、それから子供らはめったに大都会へ行くことはないのだから、都会を知っておくこともこれからの国際化時代には必要なことだ、とわけのわからないことも言った。

　もちろんそのひとつひとつにぼくは賛成した。本当はひとりで大都会を憂鬱な表情をして、うつむき加減に歩く影のある中年男という雰囲気にしたかったけど、騒がしい家族を連れたただのうれしそうな田舎のおっさんになりそうだった。田舎のおっさんと田舎の女子大生が老けたようなのと、その間にできた子供三人の家族の旅。

そんなわけで、十一月十日の日曜日に大阪にいてベンシャーン展を見るためには、前日九日の土曜日の夜には松山を船でたつ必要があったのだ。土曜日に父の「喜寿のお誕生日」を早々に済ませて、ぼくらは家を出た。家と言っても、それは父が三度目の手術を受けた後、自宅の近くに借りて、母とそこに住んでいた借家だ。

なぜ借家を借りていたかと言うと、ぼくの三人の子供達が育ち盛りでうるさくて術後の父がゆっくり静養できないだろう、と母が考えたからだ。頑丈な体の持ち主である父も三度目の手術の後はさすがに弱っていた。

最初の手術は六十代の最後の年で、その後も二回の開腹手術をうけたが、驚異的な回復力で父は高齢にもかかわらず重大な危機をのりきった。若い頃の職業軍人としての海軍生活の日々において、鍛えぬいた体力と「死なん！　九十才まで俺《おら》は！」という気力があったので、若い外科医を驚かせるほどの底力を見せて病魔に打ち勝った。

最初の手術の時だった。ぼくよりはるかに若い医師は十時間近い大手術の後、雑巾バケツのような容器にぶちまけた父の臓器をぼくに差しだしながら「手術は一応大成功です。悪いところは全部除きました」と言った。成功したと聞かされて安堵するより、こんなに腸《はらわた》を取り除かれても人間は生きていけるのだろうかと不思議な気がした。

その後の二回の手術も同じようなもので、そのたびに父は腸をごっそりともっていかれた。そしてぼくは人間は腸なしでも生きていけるのだと、そのたびに確信した。

しかし三度目の手術は七十代も半ばを過ぎていたのでさすがの父もかなり弱り、退院するのに前の二度の手術の時よりもはるかに長い時を要した。あまり時間があったので、ついでに白内障の手術をした。手術のついでに別の手術をするというのがぼくには不思議に思えた。ついでにするようなものなのだろうか。

退院後の父をゆっくり静養させるために母は築後四十年ぐらい経っている借家に仮住いすることにしたのだ。

そんなわけで、ぼくたちは父の借家を出て大阪に向かった。大手町の電停まで歩いて出た。小さめの月が笑うような表情で秋の夜空に浮かんでいた。横断歩道を渡るとき、末の子が月がついて来る、と喜んだ。末っ子は来年一年生になる。今なら乗り物に料金はいらない。でもこの子はよその子に比べて体が小さいので一年生になっても当分幼児でごまかせるかも知れない、とぼくは考えている。妻も反対はしない。

大阪行きの船は二十二時四十分発だったので時間は充分あった。家族は皆かなり興奮していた。考えてみれば、船に泊まるような大旅行を家族中でするのは初めてなのだからしかたない。それに大阪のような大都会へ行くのも子供らは初めてだ。「緊張」と「期待」。さっきからぼくの脳味噌の中に二つの言葉がかわりばんこに、子供の頃の通学路の側《そば》を流れていた（実際は淀んでいて少しも流れてなかったけど）どぶがわのメタンガスのあわぶくのように湧いては消え、湧いては消えていった。

　電車に乗ったのは夜も八時をまわっていたけど、結構乗客がいたので、家族中がかたまって座ることができなかった。妻と長女がいっしょに座った。長女は同じ学年のよその子に比べて背が高い。いま四年生だが、下手をすると中学生に間違えられる。乗り物に乗るときなど駅員の疑惑の目がつらいので、ぼくは長女に出来るだけ幼く見えるような服を着せるようにしようと思っている。妻も反対はしない。

　彼女らのとなりに座った老人が妻に話しかけていた。なにを話しているのか、ぼくのところにまではっきりとは届かないが、あんなに恐ろしい目に遭ったのは八十年の人生の中で初めてだったとか、ひとつが何万円もする釣具屋の商品が山手のほうまで全部流れてしまったなどと、時々、聞こえてくるので、夏の十九号台風に遭ったことをしゃべっているらしいのがわかった。

電車は終点の高浜に着いた。しかし高浜の港から大阪行きの船が出ているわけではない。昔はここから出ていた。東京へ旅立った正岡子規もここから船に乗っているけど、いまは数百メートル離れた松山観光港からでないと京阪神行きの船が出ていない。

高浜の港で中学の遠足の途中、同級生の安永君がお父さんの双眼鏡を海に落としてしまった。海軍軍人だったぼくの父が持っていたものと同じ双眼鏡だったので、安永君はお父さんにひどく叱られたに違いない。ぼくの父もそれを大切にしていたから。もう三十年も前のことになるのに、双眼鏡を海に落とした瞬間の安永君の顔が忘れられない。港の海だから深さがかなりあって、拾い上げることはできなかった。安永君も落とした瞬間、それはできないというあきらめの表情があって、ぼくにはそれが少しだけ照れ笑いに似ているように思えた。今は安永君のあの時の顔も中学生だったぼくらの姿ももちろんなく、静かな夜の海がピチャピチャと小さな波音をたてているだけだった。

高浜駅から松山観光港まではバスも出ているけど、距離のわりに料金が高いし、まだ出港までは充分時間があったのでみんなで歩いていくことにした。海の側の外灯のほとんどない道路で、観光港へむかう何台もの車にぼくらは追い抜かれ、料金の高いバスもぼくらを追い抜いて行った。歩いているのはぼくらだけだった。

それでもぼくらは「緊張」と「期待」に少なからず興奮していた。観光港に着いてみると、土曜の夜で観光シーズンとあって結構たくさんの人でにぎわっていた。これから出発する団体の人たちは、少しも面白くない冗談を言い合って笑っていた。彼らもぼくらと同じく、めったにない旅行という一大行事に興奮しているのだろうけど、彼らには「期待」はあっても「緊張」があるとは思えなかった。ぼくはこれからの人生においてどんなことがあっても、あんなふうに露骨に興奮することだけはしないでおこうと心に誓った。

大阪行きの船も思っていたより混んでいた。畳半分のスペースに一人分の寝場所が割り当てられた。ぼくらが泊まることになった二等客室は大部屋で、六十～七十人くらいの人間が詰め込まれた。ぼくの横はジーンズの似合う若い女だったが、妻がすばやくその間に割り込んできた。ぼくのもう一方の側は長男だった。

長男はこの春中学生になった。それまでは小学生でどこへ行っても子供料金だったけど、今はそういう訳にはいかない。知合いの中には中学生の子をまだ小学生で通して、子供料金しか払わない人もいるらしい。いや、中学生ならまだいいが自分の亭主が小柄なのをいいことに子供料金で通そうとしている人がいた、という話も聞いたことがある。

長男に関しては、体がでかいので無理だと思う。半ずぼんをはかせたら小学生に見えるかも知れないと、彼にすすめたことがあるが、本人が嫌がって達成しなかった。

船はいつの間にか港を離れていた。このくらい大きな船だと出港だからといっても急にエンジン音や振動が高まったりしないみたいだ。人間も同じかも知れない。大物ほど静かに出発する。いくぞいくぞと大騒ぎするのは、たぶん自分のような小心者だけなのだろう。

船室で横になっているとふと喉の渇きに気づいた。船や汽車に乗ると昔はかならず大人はビールや酒をのむのが普通だった。というより楽しみだった。ぼくも以前ならそうするのだが、今は思うことがあって一切のアルコールを断っている。健康上の問題でなく、といっても形而上学的悩みでもなく…誰にも教えない。

そこでお茶か何かと思ったが、どこかへ出かけるとき必ず持ってくる小型の水筒をカバンに入れてないのに気づいた。出発直前まで持って行く行かないと協議していたが、結局置いてきたことを思いだした。今回は暑い時分でなく季節的にものどが乾いてたまらんということはないだろうということもあったのだが、なにぶん大都会へ行くということが水筒を台所へ置いてきた最大の理由だったのだ。

ひとりでこっそり寝場所を離れると、廊下にでてコーヒーの自動販売機を探した。探しながらやはり水筒を持ってくるべきだったと反省した。しかし水筒は一旦中身がなくなると邪魔になる。食堂やレストランでお茶を補給するのは少し抵抗を感じだした。もっとも感じだしたのはぼくら夫婦でなく、子供らの方だ。彼らは恥ずかしいと、猛烈に反対する。

若い頃旅先の船の中でいかにもおっさんという感じの中年男が、半透明のプラスチックの容器をくわえて中の液体を飲んでいるのを見たことがある。液体はお茶で容器はマヨネーズの入れ物だった。廃品を利用した合理的で無駄のない生き方だと思った。男は自家製と思われる巻寿司を頬張りながら、哺乳瓶のミルクを飲む赤ん坊のようにマヨネーズの容器のお茶を飲み干した。まだ今ほど使い捨ての思想がこの国にゆきわたってなかった頃だった。

そういえばあの頃、大正生まれの母は使いきったマヨネーズのプラスチックの容器を包丁で切り開き、容器の内側に生き残っているマヨネーズをキュウリやパンの耳でこさげていた。今こんなことをする主婦がこの国に何人いるだろうか。母も今はそんなことはしない。たまに母にそうするようすすめると、そんなみっともないことはできない、おまえはあいかわらずどケチだ、と攻撃されてしまう。

かつて一度使ったハナ紙をポケットの中で乾かし、何度も使っていたのは誰だったか。こぼれたわずかな食用油を拭き取ったぼろ布を襖の敷居にこすりつけていたのは何処のどなたという人だったのか？　犬もいないのに魚屋で犬に食べさせるからと言って、あらをもらっていたのは何処のどなた様だったのか。

自動販売機のメニューで砂糖なしミルク入りのコーヒーを選択し、側に設置されたベンチに座って、紙コップのコーヒーをすすった。家族に隠れてこっそり飲む自動販売機のコーヒーの味は格別だ。ちいさな幸せというものなのだ。

しかしちいさな幸せはあッという間に終わってしまった。紙コップの中のこげ茶色の液体はもうなかった。客室へ帰ろうかとも思ったが、狭苦しいし、なんだが家に帰るような気がしたので、このまましばらくぼーッとしていようと思った。

船は絶えず機械音はするものの、たいした振動もなく、船に乗っているという感じはあまりしなかった。ついこのあいだまで二等客室と言えば客船の位置では船底だった。小学校の修学旅行ではこの船底で揺られに揺られ、激しく酔っぱらってしまった。最近は二等船室でもいい場所にある。安い料金しか払ってない客でも邪険に扱われることはなくなったのだ。

すわっているベンチの横には窓があり、夜の海が見えた。と言っても真っ暗でなにもわからない。起きていてもしかたないので、結局寝ることにした。客室に戻り自分の場所を探した。すでに消灯時間になっているので客室の明りはなかったけど、覚えておいた畳半分の自分の寝場所には容易に戻ることができた。しかし自分が部屋に戻った時廊下の明りが部屋に入り、戸が閉まる時に驚くほど大きな音がして、何人かの人間が頭をもたげた。ぼくはすっかり気がひけてしまった。眠れそうもないけど横になり、貸し毛布に下半身を突っ込んだ。Gパンの前ポケットにねじ込んでいる古封筒の全財産がコロコロして気持ち悪かったが、カバンに入れておくより安心なので我慢することにした。

四時間もしないうちに目が覚めてしまった。時計を見ると着岸時間までにはたっぷり二時間はあった。家族の者は誰も目を覚ましてない。自分はどんな時も家族の中で一番に目が覚めてしまう。子供の時からそうだった。揺さぶられて起きたという記憶はほとんどない。気が小さくて不安で寝ていられないのか、それとも何かを期待して目が覚めるのか、とにかく朝が早い。それに比べ妻はいつもどっぷりと安心しきったように寝ている。ぼくがいつも揺さぶって起こす。夜遅くまで家事をしているからかもしれないが、朝にはめっぽう弱いようだ。

ぼくは毛布を片付け、歯ブラシをもって客室をでた。廊下にも洗面所にも気が小さくて早起きの人がたくさんいて、歯ブラシやタオルを手にうろうろしていた。せっかく早起きしたのだから大便を済ませておきたかったが、朝食を食べないと催さない体質なのであきらめた。

妻の計画では朝食の予定は持参した握り飯や菓子パンだった。ケチくさいと思われるかもしれないが、食べ盛りの子供らと、たいした趣味も持たず大喰いだけが楽しみのわれわれ夫婦が一回に食堂で支払う舌料は馬鹿にならず、いいものを食べるわけではないのにそれは五千円近くになってしまう場合が多い。そこで今回は朝食だけでも節約しようということになったのだ。したがって、朝食は上陸してどこかの公園という段取りになっていた。

ぼくはふと思いだした。結婚前ぼくらはレストランで食事したりすることはほとんどなく、いつも公園やデパートの屋上でパンやインスタント食品を食べていた。けっして卑屈になったりすることなく、固形燃料でお湯を沸かしてつくる汁粉やラーメンは本当においしく、また楽しかった。身分不相応な遊びをする人間を「プチブル」と軽蔑し、ぼくらは自分たちのことを「誇り高きプロレタリアート」と呼んでいた。地方都市でも、まだそういう時代だった。

船はほぼ定刻に着岸した。少し寒いけど天気は良さそうだ。東の方だろうと思われる空がどんどん明るくなってきて、見上げた空には雲らしきものはなかった。デッキは上陸しようとする人々でごったがえしていたが、一様に皆おとなしかった。ひとりひとり行儀よく移動式のデッキを使って上陸した。これが日本で一番大きな島、天皇陛下もユーミンも大江健三郎も住んでいる島なのだ。東京と陸続きの島、つまり「本土」なのだ。いつもの朝のようにぼんやりしている子供達は、事の重大性を認識していないとぼくは思った。

「本土」に着いてまずしなければならないことは、大阪行きの阪神電車に乗るために六甲ライナーという電車に無事乗ることだった。ポケット版の旅行ガイドブックによると、六甲ライナーは「新交通システム」となっている。新交通システムとは何だろう、御大層な名前をつけているが、ただの電車ではないのだろうか。

　六甲ライナーの駅にはバスですぐに行くことができた。モノレールのように高い井桁の上を走る電車らしかった。電停も高い場所にあった。駅もその回りの公園らしきものも、それらを取り囲むビルディングもド新品だった。一等驚いたのはマンションと思われるビルディングの巨大さであった。何十階もあった。階数を数えたが、わからなくなって途中でやめた。鳩か何かの鳥がマンションの上層部分の宙を舞っているのがかすかに見えた。

　ふとぼくは、アメリカのモダンアーティスト、アンディー・ウォーホールが作った映画「エンパイア」を思いだした。えんえんとただひたすら摩天楼ビルを三十時間もの間映し出しているだけの映画である。その中で無機質な建物のまわりの宙を小さな鳥が飛んでいるのがわずかな時間だけど映っていて、全く動きのない映像に飽き飽きしていた観客の中には歓声をあげるものさえいたという一シーンのことを思いだしたのだ。もっともぼくはこの映画を見たわけではない。このことを友人から聞いただけだ。いやその友人もこの映画を見たのではなく、人に聞いたか雑誌で読んだだけなのだ。そんなものなのだ。

マンションのあまりの大きさに驚いたぼくらはこのマンションをバックに記念撮影をすることにした。休日の早朝なので人影は殆どないのだけど、長男は田舎者に見られるのが苦痛なのか卑屈な笑みを浮かべ、シャッターを早く押すようにぼくをせかした。本土上陸第一枚目の記念撮影。

駅の便所で手を洗い、朝食ということになった。ナップザックの一番下敷になっていたぼくらの朝食はいかにもまずそうなものだった。つぶれた握り飯、固まってしまった菓子パン、すえたような野菜サラダ。しかしぼくらはそんなことはいっこうに気にしなかった。ただわずかに長男だけが恥ずかしがって、早く朝食を済ませるようにと皆をせきたてた。

駅のトイレで用便と歯磨きを済ませたぼくらは電車を待っていたのだけれど、休日出勤のサラリーマンの一人が今しがたぼくらが記念撮影のバックにした巨大なマンションにむかって一生懸命手を振っていた。彼の視線のはるか彼方には新妻か小さな子供がいるのだろうけど、どんなに目を凝らしてもぼくにはそのどちらも見えず、摩天楼のように動かないただ無機質なだけの大きな建物が、そそり立っているだけだった。あらためてぼくは本土の人の生活に驚いた。

やがて電車がきた。しかし運転手がいなかった。ホームも軌道敷の中に落ち込まないようにプラスチックの扉があって、電車の戸にあわせて開閉するようになっていた。なるほどこれなら酒に酔っぱらっていても、殺意を持っている人に後ろからど突かれてもホームに落ちることはないわけだ。ぼくはやっと「新交通システム」がただの電車でないことを理解した。

末の子はこの電車、いや新交通システムがいたく気に入ったようだった。「ひとがおらんのにうごいとるね～」と喜んだ。ぼくも長生きはしてみるもんだ、若い時はやまらなくてよかった、としみじみ思った。

六甲ライナーは滑るように阪神電車の魚崎駅に着いた。さも乗り慣れているという感じでぼくらは改札口を出て、阪神電車に乗り換えた。阪神電車は新交通システムに比べるとその歴史を感じさせた。要するに古かった。電車に乗り込むとぼくらはほっとした。ぼくらも都会の石ころの一つに見えるはずだ。これで荷物さえなかったら瀬戸内海をわたってきた田舎の人間には見えない。たぶん。

電車は海のように果てしなく広がる住宅やアパートやさまざまな看板を持つ大小の社屋を窓の外に展開させながらどんどん西日本最大の都の中心を目指して行った。

ぼくらは混雑する電車の中でちりぢりになって生き別れにならないよう、同じ側のシートにずらりと並んで座り、隣どうしで手をつないでいた。

休日の車内は一家が離散しなければならないほど混雑はしていなかったが、休日の朝なのにどこへ行くのか、いろんな人たちが電車に乗り降りし、ぼくら一家の前を行ったり来たりしていた。地方都市のように乗ったら最後、終点の中心駅でしか降りないというようなことはなく、あっちこっちで乗ってきたり降りたりしている。

電車がある駅に停車すると隣に座っていた中年の女の人がそわそわして時計を見たり、駅の構内に目をやったり、降りたもんか降りないもんか悩んでいた。ぼくは普段はなるべく女性を見ないことにしているが、この女の動きがあまりに不安定で興味をそそられるのでずっと観察していた。

やはりぼくらのように田舎から出てきた人間はどことなくわかるなぁ。おどおどしていて。しかしあそこまでうろたえなくてもよさそうなもんだけど。あれではあまりにも自分がみじめというものではないか。

ぼくはよっぽどあなたの乗っている電車は間違いなく梅田行きですよ。電車はほらご覧なさい。ちゃんと東の方を向いて走っているではないですかと、教えてやろうかと思った。

ぼくには一種の才能のようなものがあった。どんな見知らぬ土地へ行っても、瞬時にその方角を知る力だ。まず北の方向がだいたいこのあたりだ、とわかる。それを大陽や星に頼らなくても本能的に知ることが出来るのだ。

ぼくは隣の妻にささやいた。

「あの人電車を乗り間違えたと思うとんやろか。そわそわしとる」

しかし妻の読みはぼくのより正確で深いものがあった。

「特急か快速に乗り換えようと思うとんやないの。それで迷っとるだけやろ」妻は答えた。

なるほどそういえばさっきからこの電車、来る駅たびに全部生真面目に止まっていた。特急や快速も金額は同じだから乗り換えた方が得なわけだけど、行く先によってはこのまま鈍行に乗っていた方が早いときもあるのかも知れない。だから迷っているのらしい。

合点しているぼくの少しななめ前の席に、今時珍しい長髪の青年が座り込んだ。座るとすぐに頭を垂れて眠り込んだ。ぼくはその青年を見ていた。長男と長女も見ていた。妻と末の子は見ていなかった。つまりわが家の三人がそのうつむいた青年を見ていて、残りの二人が見ていなかった。それは特に理由はなかった。理由はなかったが、見ていた者は次の瞬間えらいめにあった。眠り込んでいるはずのその青年がうつむいたまま、なんの前ぶれもなく突然、電車の床にげろを吐いた。それは手を口にあてるとか、苦しさに胸をかきむしるとか、宙に手を差し伸べてもだえるとかの行為がいっさいされぬまま、本当に突然ぴゅーと人間ポンプのようにカ強く吐瀉物を撒き散らしたのだ。

驚いたのは彼をぼんやりと見ていたわが家の子どもたちだった。ふたりは予想してなかった出来事にすっかりうろたえてしまった。しばらくして落ち着くと、二人は笑いを堪えるのに苦労しはじめた。恐ろしく強い力で底の方から浮きあげる笑いを必死で押え込みながら、盛んに「汚しゃな～」とぼくに訴えてきた。しかし青年は吐いた後も微動だにせず眠り続けていた。いや、嘔吐するということはかなりな苦痛がともなうはずだから、恥ずかしさのあまり眠っているふりをしているだけにちがいない。

聞こえるからやめなさいというぼくの忠告にもかかわらず、二人の子どもは「嫌じゃ〜」とか「汚しゃな〜」と言いながら目に涙をためて笑いをこらえていたが、段々笑い声が大きくなっていくように思えた。

事件が起きてから三つ目の駅で青年は突然立ち上がり降りてしまった。電車の床にはポタージュ状の吐瀉物だけが残された。しかしこれからが大変だった。吐瀉物を見つけて席を替わる人、踏みつけそうになって慌てて飛びのく人、実際に踏んづけて滑りそうになる人などが続出した。

吐いた青年や踏んづけた人には悪いけど、初めて乗る路線の電車に緊張していたぼくらは、この事件ですっかりリラックスしてしまった。

そうこうしているうちに電車は梅田に到着した。各駅停車だったので少し時間的に無駄をしたような気がした。まだ街は本格的に活動していなかったので見物などは後にして、まず妻の伯父の見舞いを先に済ませることにした。梅田の駅構内を動く歩道やエスカレーターで移動し、伯父の入院している街へ行くため阪急電鉄宝塚線に乗り換えた。ぼく一人ではスムーズに乗り換えることが出来なかったと思うが、妻が終始リードを取ったため比較的短い時間で実行できた。「こっちじゃないのか？」「そっちでええのか？」と言うぼくに対し妻は自信を持って一家

をリードした。いつものように。あまり簡単に宝塚線の乗り場にたどり着いたので妻は得意満面だった。「ほれ。私が来てよかったろがね～」と言わんばかりだった。

　阪急宝塚線には思い出があった。まだ独身の頃、大阪に出てきて仕事をしていた従姉が結婚することになり、式に出るために宝塚に来たことがある。従姉らの新居が宝塚だったため、宝塚歌劇のホールで挙式が行われることになっていた。ぼくは姉や親戚の人たちと前々日の夜四国をたった。当時瀬戸大橋はまだなく、本土へ渡るには船を利用せねばならず、船中で一泊して大阪経由で宝塚に着いたのは挙式前日の昼過ぎにもなっていた。

　新居となるアパートは五階建の最上階にあり、狭いものの都会的なしゃれた雰囲気があった。お針子だった従姉が「急がないと明日になる」と言いながらウエディングドレスの最後の仕上げにかかっていたり、大勢のいとこたちが笑いあったりして婚礼の前夜ということで華やいだ空気に包まれていた。

　ぼくはふと窓の外に目をやり、穏やかな五月の群青色の夜空とその下で瞬く夜景を眺めていた。こんな夜景を見て毎日を暮らすことのできる夢のような都会の暮しが羨ましく思えた。そしてぼくはもう一方の開け放された窓の側に寄った。「あの建物は？」ぼくは見おろした二階建ての細長い建物を見ながら言った。従姉はウエディングドレスから目を離さずに宝塚の寮であることをぼくに言ったが、すでにその時ぼくの目は、蛍光灯の青白い光に浮かび上がっている少女たちの下着姿にくぎづけになっていた。

　あれからもうすでに二十年以上もの歳月が流れた。いま考えてみるのにあの時の少女たちは別に下着でうろうろしていたわけではなく、レオタードかなんかだったんだろうけど、田舎者のぼくにはどう見ても裸にしか見えなかった。

　電車は伯父の入院している庄内という町に着いた。梅田から四つ目の駅だった。病院名はわかっているけど、どっちの方向なのかわからないので駅を出たところにあったお菓子屋で尋ねた。

　病院は歩いて十分くらいのところにあった。休日の病院は人気もなくひっそりしていたが、案内板によると病室は二階以上にあるようだったので、かまわず階段を上がった。二階まで上がったところに看護婦がいたので妻が伯父の名を告げると、つきあたりの個室だと教えてくれた。

伯父は思ったより元気そうで、ベッドの上で起こした上半身に朝日を浴びながら、突然の見舞い客を歓待した。

伯父と会うのはこれで二度目だった。一度目はぼくらの結婚式の時だったけど、その時ぼくはろくに挨拶もしなかったように思う。

その頃のぼくは親戚とか挨拶とかつきあいとかが、とても苦手だった。

伯父は病室に備え付けてある電話で何度も自宅に電話し、伯母にぼくたちが突然来たことを伝えようとした。しかし伯母は留守のようで電話はいずれも通じなかった。伯父は「ばあさんは畑でも行っとんのやろ。しょうないやっちゃのぉ」と残念そうに言った。自分を訪ねてはるばる四国からやってきた可愛い姪とそのさえない配偶者や子供達を自宅に招待したかったのだろう。

伯父は伯母と終戦直後この地にやってきて二人だけで鉄工所を始め、さんざん苦労した末、事業に成功したのだと妻はぼくに教えてくれた。一時は社員寮を建てるほどの隆盛をみせたという。伯父はその地で名士となり、様々なお世話役として、町の人々の信頼を集めたのだそうだ。

こじんまりとした病室にはぼくら一家が座れるほどの椅子はなく、子供達だけが椅子に座った。長男は首を前に突き出して、気まずそうな表情をしていた。中学一年生という年頃は何をするにも中途半端で、人とどのように接してよいのかわからなくなるようだ。

自分のその頃のことをかんがえても、身の置き場のないような毎日だった。印刷屋を営む親戚を訪れた際、自分が誰であるか何のために訪れているのかが言えず、無言で頭を掻いてばかりいたのも自分が中学一年生の時だった。今でもその時なぜ一言も口から言葉が出てこなかったのだろうと恥ずかしさに首を絞められるような思いをすることがある。それほどでないにしても、長男も説明のつかない行動をとってしまうような季節のまっただ中にいるにちがいない。

伯父は一見元気そうに見えたが、実際は重大な病気に冒されていた。それはぼくの父とまったく同じ病だったけど、伯父の方が若い分だけ進行が早いようだった。二人に共通しているのは腹の上に取り付けられた人工肛門だ。この装置はうまくできてはいるものの、父がそれを慣れぬ手付きで扱っているのを見ているとやはり本物にはかなわないと思った。あらためて人間の体というものはうまくできているとしみじみ感じてしまった。

はやくベンシャーン展を見たいというぼくの気持ちを妻は察したのか、まだ十五分ほどしかたたないのにもうお別れのあいさつを始めた。伯父は残念がったが、病気で自由にならぬ身では姪達を引き留めることができないとあきらめたのか、残念そうな顔をして何度もうなずいていた。そして今度来る時は絶対に家に泊まるようにと繰り返した。

別れ際に伯父は末の子に飴玉の入った小さな包をくれた。その時は何気なく受け取り礼を言ったが、これが伯父のくれた最後のものとなってしまった。伯父は翌年の春、この世の人ではなくなった。伯父の死の知らせを聞いた時、ぼくらはまだ残っていたこの飴を慈しむように少しずつ食べた。「のど飴」と記されていたけど、大手のメーカーのものではなく、どこか観光地のみやげ物のような感じの代物だった。

ぼくらはそれを大切に大切にいただいた。子供らはこの飴玉をくれた人がこの世に既にいないということが信じられないようだった。もともと身近にいた人ではなかったため、無理のないことではあったけど、大阪に行きさえすればまたあの病院にお母さんの伯父さんはいるに決まっていると、子供たちは信じきっていた。

「嘘やろ」と何度も繰り返したのは、長男だった。彼はすでにそうしたことに無常を感じる年齢になっていたのだろう。「死」というものがどういうものなのか、漠然としたかたちであろうけれど理解しかけているのかもしれない。

ぼくが「死」を意識し始めたのは、小学生の低学年から高学年にかけての数年間に祖父や祖母それに伯父や伯母があいついで亡くなり、彼らの死骸を強制的に見せられた時だった。蝋細工のように冷たくて固そうな死人の顔は、不気味なものというより何か不思議なもの、生きていたときとは絶対に同じ人の体ではないという気がした。そんな時ぼくは久しぶりで会う従兄弟達と夢中になって遊んだ。それは自分を慈しんでくれた優しい人の死と彼らの死顔を少しの間でも忘れたい気分があったからに違いない。

病院を出ると元の道をたどって駅へ向かった。途中でひどく大きな文字で「金物」とだけ書かれた看板を掲げている店屋があり、珍しかったので写真を撮った。それだけではいかにももったいないので隅の方に子供と妻を小さく入れた。

ぼくらは気になっていた仕事を終えたような気分だった。これからは夜まで自分達の時間だと思うと自然とうれしくなった。

電車はまた梅田の駅に滑り込んだ。中学の修学旅行で初めて大阪の街を見た時、あまりの人の数の多さにあきれかえったことを思い出す。信号を待っていた人々が、こちらへ向かって一斉に押し寄せて来る気がして、ものすごい恐怖を感じた。

「ベンシャーン展」は大丸デパートの十二階のミュージアムで行われていた。ぼくはとうとう来たのだ、という抑えきれない気持ちの高ぶりで目眩いを起こし、倒れんばかりだった。たかだか展覧会のためだけにこんなに遠くまで来ている、しかも家族中を引き連れての大旅行という贅沢に自分ながら恐れおののいている。あらためて自分の小心さに呆れた。

家族と別れ、ぼくは一人で十二階へ向かった。「今世紀最後の大きな彼の展覧会」は確かに催されていた。黒い展示壁にベンシャーンのもの哀しい眼差しの人物像がいくつも浮かんでいた。しかしベンシャーンの描く人々は単に悲しい顔をしているだけではない。それは社会的なさまざまな事件に題材をとり、反戦を訴え、水爆実験に反対する、いわばアメリカの良心が、描かれた人物に表れているのだ。弱々しく哀愁を秘めた表情の絵の主人公達は、観る人の心を強くうつ。

二人の少女が「サンデー・ペインティング」という絵の前でさかんに「これええわ」と言っていた。ぼくもこの絵は好きだ。やや枯れ始めた草原を帽子を被った男が、後ろ手を組み散歩している。ベンシャーンの特徴である大きな頭と手をした人物だ。草原の上は青空ではない。しかし憂鬱な曇天というわけでもない。かすかな青空が雲の合間にあるようにも見えるし、青雲の混じった曇り空のようでもある。

「これええわ」と言う少女達にぼくは思わず頬ずりをしたくなった。たまらなくそうしたくなった。

会場に入る時、作品目録が販売されていた。一般的に本屋で売られている画集より、こうした会場で販売されている作品目録のほうが格安で、内容も詳しい。実は何年か前ベンジャーンの画集が出版されたが、高価だったので買うことができなかった。今回の展覧会を知ったとき、会場で売られている作品目録だけでも手にいれたくなり、大阪の前の会場だった福島まで電話をかけたのだ。しかし作品目録はすでに大阪へ送ったとのことだった。大阪の会場へ連絡して送ってもらおうかとも思ったが、やはり会場で本物を観る方が筋というものではないかと考え直したのだった。

ベンシャーンは社会派であるとともに、グラフィック・デザイナーとしても草分け的存在であった。そんなところにもぼくは大きくひかれた。ひと頃、洋酒メーカーの首の太い中年男をアニメーションに登場させた哀愁のあるコマーシャルがあったが、あれはいま思うと、とてもベンシャーンのイラストに似ている。

ぼくは本物のベンシャーンの絵を観て、感激のあまりふらふらになりながら会場を出た。出口でもちろん彼の作品目録も買った。これはカラーで沢山の作品が掲載されていたが、やはり本物には及ばなかった。色合いとか印刷技術という問題ではなく、実物は作者が直接魂をそそぎ込んだキャンバスそのものだからだろう。印刷物はやはりその間にいくつもの隔たりがある。作品目録だけを求めようとしていた自分の愚かさにあらためて気づいた。

十年近く前、山下清展を駅前のスーパーで観た時もそう感じた。只券をもらってさほど期待せず出かけたその展覧会にぼくは激しく感動した。その時、はじめて実物の持つ魂の響きに心を揺るがされたのだ。実物の絵の持つ力強さと山下清の素晴らしさを知った。

家族と約束していた待ち合わせ場所のおもちゃ売り場へぼくは向かった。下の二人はすでに何かを買ってもらってはしゃいでいた。特に長女は都会が性に合うのかうれしそうにしていた。しかし、長男は不安そうな目つきでぼくを待っていた。理科学模型売り場へも行ってみたが、何も関心を示さなかった。何か買ってやろうと言っても、何もいらないと言う。そして末っ子が少しでも我々から離れようとすると、ひどくうろたえた。見知らぬ土地、それも都会の人ゴミのなかで不安を隠しきれないようだった。

ぼくらはデパートのフルーツパーラーで昼食をとったが、量も少なく、あまりおいしくなかった。特に水がどぶのような臭いがしてとても飲めなかった。おまけに持参した電卓で計算すると、昼食代とも思えないほど高かった。

食事の後、ぼくらは海遊館という最近流行っている大型の水族館へ行くことにしていた。しかしその前にぼくはベンシャーン展鑑賞の成功に調子づいて、南港のインテックス大阪にある某有名外国カメラメーカーの本社ビル専属の展示場で開催されているドイツの社会派現代アーティスト、「ヨゼフ・ボイス展」を観に行きたい、と妻に切りだした。もっともこれは松山を出発する前から計画していたことで、急に思い付いたわけではない。ある有名コンテンポラリー全国誌の第一ページに予告されていたのだ。

海遊館は南港と阪神高速四号湾岸線で結ばれている大阪港のある埋立地にあった。ヨゼフ・ボイス展を観終えれば、バスで海遊館へ行けばよい。しかし一応、電話で展覧会が開かれているのがこの某有名外国カメラメーカーの本社ビルなのかどうか、確かめることにした。もしここでなかったら、わざわざ遠回りして有料の高速道路をバスに乗らなくても、直接、海遊館へ行けばよいからである。

電話をすると、人のよさそうな守衛のおじさんらしき人が出て、何をやっとんのやら、わてらにはわからへんけど、展覧会みたいなんをしとりますわ、と教えてくれた。

　地下鉄四橋線に乗り、住之江公園で降り、ニュートラム南港ポートタウン線という新交通システムの電車に乗った。新交通システムは六甲ライナーに続いて本日二度目である。二度目といえばわが家ではもうベテランである。皆慣れたもので、駅の構内へ向かったが、肝心の切符の買い方がわからない。結局、駅員を探し、教えてもらった。

　ところでこの新交通システムだけど、「六甲ライナー」と平行するように走っている「神戸ポートライナー」の橋脚に亀裂のはいる危険性のある骨材が使用されている疑いがこの旅行の翌年の夏に発覚した。さらに大阪の「ニュートラム」は翌々年の秋、つまりぼくらのこの旅行のちょうど二年後、満員の乗客を乗せたまま暴走し、二百名ものけが人をだした。ぼくはこれらの事件が報道されるたびに「運転する人がおらんのに動いとるがね～」と次女がいっていたのを思いだした。

　某有名外国カメラメーカーの本社ビルのあるインテックス大阪では、たえず見本市やイベントが開催されていると観光案内に書かれてあったが、今は何もされておらず、ゴーストタウンのような不気味さがあった。

　不良のような少年達がメインと思われる巨大な会館の広場にたむろしていた。真昼だし、家族連れなんか相手にはしないだろうということで、ぼくは妻や子供達をこの広場に残して、一人で「ヨゼフ・ボイス展」を観に行くことにした。

しかし肝心の会場である某有名外国カメラメーカーの本社ビルの展示場がどこにあるのかがわからない。そこらを歩き回るが、カメラメーカーの建物らしきものはあるものの、休日でどこも閉まっている。人の気配はまるでない。時間はどんどんたっていく。結局、社名表示のない建物の三階にあるらしいことがわかったが、そこいらにはヨゼフ・ボイスのヨの字もない。普通、会場のある建物の入口ぐらいには看板かポスターがあるものだ。

恐る恐る会場に入ってみると、ある程度広さのある現代的な展示場には、わけのわからないモノクロの写真が展示されているのにすぎない。ボイスなら様々な展示物があって退屈しないはずだが、五分もしないうちに観終わってしまった。会場中央のボックスの中にいた若い女に尋ねてみた。

「これヨゼフ・ボイスですか？」

若い女は魅力的だった。髪が長く、端正な顔のつくりをしている。ぼく好みの顔だった。いやそんなことはどうでもいい。彼女は、ヨゼフ・ボイス展は都合で中止になったと言った。来年の春ごろになるかもしれないし、まるでやらないかもしれない、とつけたした。

ぼくは思わず「遠くから来たんだけど……」と怨み声で言った。遠くから来たのは背中の子供達の買物で満杯のリュックサックを見れば誰にだってわかる。

あんまりではないか。あんな有名な全国誌が嘘をついていいものなのか、それも第一ページ目で白昼堂々と。情けなくなってきた。松山に帰ったらこの嘘つき出版社に抗議の手紙を書いてやろう、と考えながら会場のあるビルを出た。もう完全にこのヨゼフ・ボイス展だけを観るために大阪へわざわざ来たのに、という気分になっていた。

妻と三人の子供達があのメインの会館の広場にいた。秋の弱々しい逆光の西日の中で四人は影踏みのような遊びをしていた。小一時間が経っていた。しかしそのほとんどの時間は展示の会場を探していた時間に過ぎなかった。子供らはその間ずーっとぼくを待っていた。デパートへ寄っただけで、まだ子供らの喜びそうな所へは行ってない。しかし妻も含め彼らは文句を言うわけでもなく、ぼくの道楽が終わるのを待っていてくれた。ぼくは急に家族がいとおしくなってきた。

某スポーツ用品メーカーの社名が派手に表示された高層ビルの前にバス停があったが、バスの便は少なく、海遊館のある大阪港の方面へはタクシーで行くことにした。タクシーは高速四号湾岸線を走り、あっと言う間に海遊館に着いた。

インテックス大阪とはうって変わっての賑わいが、ここにはあった。入場するためには長い列に加わって待たねばならない。行列は幾重にも折れ曲がり、係員の厳しい規制におとなしく観客達は従っていた。

海遊館の大きな建物をバックに記念撮影のあと、ぼくらもその行列に加わった。三十分ほど待って、入場の番がやって来た。会場の中も沢山の人がいて、ぼくらはぞろぞろと順番に各水槽を見て回った。気に入った魚をじっくり見るわけにも、さっきの魚の方が可愛い、と言って後戻りして見直すというわけにもいかなかった。

それでも先に進むにつれ、会場の中はそれほどの混雑もなくなってきて、子供達にもお気に入りの魚のいる水槽の前で、しばらく足をとめる余裕ができてきた。三人の子供は潜水艦を思わせる巨大なじんべえ鮫に驚き、無数のいわしの群の舞いに感動した。長男の緊張も、ややほぐれてきたように見えた。

一時間ほどでぼくらの水族館見物は終了した。皆大満足だった。またこんな所へみんなで来ようね、と梅田行きの電車が出る駅へ向いながら何度も言い合った。駅への道はそんな思いの家族連れや、若いカップルで充満していた。そしてなぜか皆ぞろぞろと田舎っぽいゆっくりとした歩き方で駅へ向かっていた。

梅田へ戻ると、弁当とお土産をあわてて買い、岡山へ向かう新幹線に飛び乗ったが、休日の夕方ということで、通路にも連結部分にも乗客が溢れていた。

新幹線のなかで食べる予定だった弁当も、持っているだけで邪魔になるほどの混みようだった。運の悪いことに末の子が便所へ行きたいと泣きだした。妻が末の子を連れて何十回も謝りながら、通路をあけてもらい、乗客の海の中を便所へ向かった。ぼくは両手に一家中の弁当と荷物を抱えており、身動きがとれなかった。

やっとのおもいで岡山にたどり着き、四国行きの特急に乗り換えたものの、ここも満員で連結部分にある乗務員用の椅子に交替ですわり、弁当にようやくありついた。ぼくは新大阪の駅で弁当を買うとき秘かに買い求めた缶ビールを飲んだ。もう生温くなっていたが、ほぼひと月ぶりのアルコール飲料の摂取だった。禁酒をしていたが、初めての家族旅行の成功の喜びと全員無事帰還できそうな安堵のため、ぼくはあえて自分の作った禁断の掟、鉄の戒律をやぶってしまったのだ。

下の二人の女の子達は何事もなかったかのように次の日の朝、学校や幼稚園へ行ったが、長男はあの旅行の後一週間も学校を休んでしまった。都会での緊張がこころねがやさしく気の小さい彼をすっかりくたびれさせてしまったらしい。

それはこのあとの彼の生活を暗示させる出来事だったのだが、ぼくは呑気にもそのことに全く気づかなかったのだ。

おわり

従兄《イトコ》と空気銃
幻燈版
製作
神山恭昭研究所
松山市南江戸3・8・35
089・924・1784
音楽
不良少年
武満徹作曲
ぼくにはお兄さんがありませんでした。
ワッハッパ…
ガハハ…
男のような姉はいましたけど…
ヤスアキ！
ショウチしやせんよ！
姉というのはただ単にうるさいだけです（今でも）
ぼくはお兄さんが欲しかったのです
求ム！
兄
14才〜18才
高給優遇
日曜休
ところが母の郷里には従兄がいました
夏休みには母の郷里へ行くのが楽しみでした。いっぺんに兄が二人もできたような気がしたからです。
母の郷里には滝があったのです

しかも
もみじまんじゅうもあったのです。
ヤスキチ
広沢寅造をやれ!
皆にきかしちゃれ!
従兄はぼくに浪曲をうならさせました
つまはおっとを〜
したいっっ〜
ころは
ろくがつなかのころ〜〜お
なっとはいえどぉ〜
げほほ
いよぉ〜
ヤスキチの浪曲は
いつきいても
ええのぉ
しびれるのぉ
うん!
愛媛県大洲高等学校
生徒 ウマさん
顔が長いので
ウマさん
従兄の友だちはウマさんでした
初歩のラジオ
従兄とウマさんはラヂヲ組立てをよくやってました。
ある日古いラヂヲから・・・・
ヤスキチくん
お元気ですか〜
ぼくを呼ぶ声がしてびっくりほした
すぐ従兄のしわざとわかってぼくも
村中に放送されていると思っている。
ア〜
S村の皆さん
こちらは〜
コーモリ団です〜!
やらさせてもらいました。
「S村の皆さん、村はわしらが占領しました。これからは、わしらコーモリ団の言うことをきかんといけません。子供はもう学校へ行かんでもええ。わかりましたのかぁ〜〜」
その頃ぼくはコーモリ団をそしきしていたのです
どうじゃ
ヤスキチ!
裕次郎
みたいやろ
うん!
そのころ石原裕次郎がはやっていました
ぼくの知らないうちに従兄の遊び道具の中に、空気銃が加わっていました。
どっしりと重くて本物の銃というかんじでした。
でも撃たれた雀を見た時は
ひく
ひく
恐くなりました。

いつもポケットに入れている百連発
ピストルの方がぼくは好きです
ある春の日の夜、、父と母がたくわんを
春の宵
うむ…
下品な音…
ポリ ポリ
ずる ズルル… すず…
かじりながらしぶ茶をすっていました。
そして、従兄が警察につかまった
ケーサツ オセワ
フポーショジ
ようなことを二人で話していました。
けいさつに つかまったん？
しーっ 声が高い！
誰にも 言うたらイケンよ！
お前の方が声がでかい…
お節句がやってきて、母の郷里へ
お重《じゅう》回《まわ》し＝お節句の行事
お重回しに行きました。
その夜
ぼくは警察のことを従兄に聞いてみました。
ラヂヲ
「空気銃持っとって警察につかまったん？」
従兄は静かにおそろしい話を
はじめたのです。「ある日……」
「O署の刑事が二人やってきて…」
「銃の不法所持により逮捕すると
頭《ず》が高い！
逮捕状じゃ 盆を出せい！
へへーっ
逮捕状
言うて、母に逮捕状をつきつけた」
「そして後手（うしろで）に手錠され
ダスターコートを肩にかけられて……」

「深い霧の中を駅へ向ったのだ
空気銃はむろん没収されてもうた」
「お袋が泣きながらはだしで追かけ
おっかあ……
とうきょうー
てきた……。」
ヤスキチよ
親不孝《おやふこう》は
いかんのぉ….
無季俳句
「三日三晩取調べは続いた…」
「留置場の中の高い窓から
便所がわりの桶
凍ったような月が見えた…..」
一年後
従兄は高校を出て大阪で就職する
ことになり出発の前夜ぼくの家に寄りました。
ぼくらは道後温泉に行きました。
夕食にギョウザをたべて、そのあと
射的場へ行きました。そこでぼくは
ふと従兄の空気銃のことを想い出しました。
はずれー
ふん！
「あの空気銃はどうなったんじゃろう….」

49
はあ ようわかっとります
仕事ちゅうもんはなや？…
父は従兄に教訓めいたことをたれてました。
いつもは3分に一度、皆を笑わせる
50
ぴくぴく
従兄なのにその夜は緊張しているみたいでした。
仕事や都会での生活のことが不安だったのでしょ
51
ダスターコートの後姿がとても寂しそうでした。
朝起きてみると従兄はいませんでした。
52
昨夜のうちに船で大阪へたったのです。
53
その朝のみそ汁には卵が入ってました。
54
父と母は従兄のことをよかったよかったと言ってました。ぼくはさよならを言わなかったなァ…とぼんやりと思ってました。
従兄は三年間は帰らないと宣言し
55
従兄 ITOKO
とおり、しばらく戻ってきませんでした。
数年後、ぼくは小学校の最上
56
優秀
秀才
利発
男前
利口
級長
学年になっていました。
57
コーモリ団
ある日なつかしい従兄の部屋に入りました。
押入れの中に○署に永久に取り上げ
58
られたはずのあの空気銃がありました
59
ぼくはそっと空気銃をかまえてみました
60
たたりじゃー
のおー！
ぼくは空気銃をもってソトにとびだし

そして従兄のように逮捕されてしまう…

自分の姿を想像してしまいました

そうです従兄にすっかりダマされていたのです

(注・村のおまわりさんにおこられたのは本当みたい)

なお この「従兄と空気銃」
は 創風社出版刊の作文集
「電信柱と寂しい夜」に
掲載されております。ぜひ
お買い求めてお読み下さい。
CMでした。

神山恭昭研究所

犬のイエスタデイ＆トゥデイ
駄犬物語
ダイジェスト版
◎神山恭昭研究所製作
息子が犬が欲しいと言うた。
ある年ある月ある日
犬と遊んどる自分の姿を考えると興奮するとまで言うた。
「めんどうは絶対ぼくが見るけん」と明言した。
ぼくは30年いや35年ぐらい前のことを考えとった。
まだ白髪が一本もないころやった。
“どる”という野良犬のことを思い出しとった。
“どる”はびっくりするくらい大きな犬やったけど、えらいおとなしかった。
大人も子供も“どる”のことが大好きやった。
その頃の大人は今ほど忙しにしとらんかった。
“犬とり”の人らが野良犬狩りによう来た。
どる
“どる”も鑑札がないので野良犬やった。
かくまった者も同罪で犬とりにしょっぴかれる……という事はなかったけんど……。
やがて“どる”はぼくらの町から姿を消した。
年をとって死んだ…という噂も聞いた。
徳用マッチです……
となりの家に新婚さんが引越してきた。お化粧の好きなおよめさんだった。

新婚さんは犬を飼っとった。犬を飼うのはめずらしかった。お金がいるけん。
大きいて寝とるぎりの犬なので まるで"どる"みたいやと思とったら本当に"どる"という名前やった。ウソみたいやと本当にびっくりしてしもうた。
"どる"は前の"どる"の子やと新婚さんは言った。ぼくらはまた本当にびっくりしてしもた。
"新どる"は飼犬やったので、鑑札もあり、犬とりの人に連れていかれることはなかった。けど……
飼犬の鑑札はよう盗まれた。犬の首につけず家に置いとく人までおった。
新婚さんはまもなく引越していった。新どるもいっしょやった。
タダであげますコーナー
子犬
子ネコ
子人間
妻はタダで配ってくる新聞のタダであげますコーナーを見て、川口さんという人のところへ電話をした。
息子とぼくは隣町の川口さんのところへ小犬をもらいに自転車で行った。
ごぼうケーキ
タルト
ハイ
ハイ
手ぶらで行くのは気がひけるのでお菓子を持って行くことにした。
これでよろしいですか。
特大シュークリーム
お徳用
500
息子とあれこれもめた果てに500円(税別)のシュークリームにした。
川口さんの家には母犬と2匹のメスの小犬がおった。
オスの小犬たちは早々にもらわれていったけど、この2匹のメス犬は残ったらしい。
長男はこの2匹のうちどちらをもらうか悩んだ。悩むとおじいさん顔になった。
ぼくの意見で長男の心は2匹の間をいったりきたり……。
体に気つけや
おせわになりました
結局ふさもの誰が見てもかわいい方を選んだ。平凡!

かあちゃーん
自転車のかごに入れて連れて帰った。

おえーっ
おえーっ
かわいそうに自転車に酔おうてしもた。

名前はプー子にした。

かわいいのでたちまちわが家のアイドルとなった。

それで思い出した。

30年近く前、ぼくが10代の中頃のこと……。

チビという子犬を飼っとった。

東京オリンピックの次の年やった。

いつも学生服やった。これしかない
あんまりかわいかったので、家の中で飼うた。

ごはんもいっしょに食べた。

こたつにも入れてやった。

猫かわいがりにかわいがったんがいけんかった。ジステンパーという病気にかかった。

チビ!

三日間苦しんで死んでしもうた。

寒い日の朝やった。

ごめんよ
ぼくらの無知のためチビは天国へと旅立ってしもうたのだ。

もう犬は飼うまいと思うた。

その教訓からプーを厳しく育てることにした。けど、予防注射なんかはきちんとしようと心に決めた。

いれてかまんやろ??

今日だけ家に入れてかまんやろ?

絶対にイケマセン!

見て見ぬふり
すでに家の中にいる
嵐の日の夜も家の中には入れさせんかった。

厳しく育てたせいか丈夫に育った。

自分の子供も厳しくすればよかった……。

すぐに大きゅうなってしもうた。そうすると長男は全然めんどうなんか見んようになった。

貧相な人が貧相な犬を連れて朝晩散歩しとると、近所で評判になった。

犬は飼主に似てくるという。飼主が犬に似てくる場合もあるかも知れん。

わが家のプー子はぼくに似たのかひどくしょぼくれとった。

しかし、このしょぼくれかたはどこかで見たことがある。
20数年前だった。学校をでて海べの町に就職した。

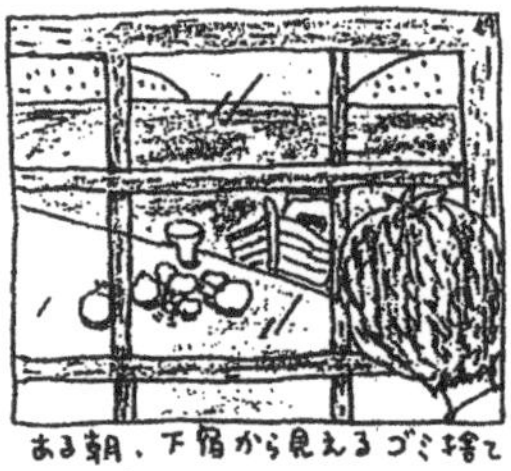

ある朝、下宿から見えるゴミ捨て場に動いとる物がいた。

2匹の子犬がゴミ袋にしばられとった。

下宿で飼う訳にいかないので隠れ家をつくり2匹の犬をかくまった。

ある日エサを持ってきてみると1匹になっていた。ここで飼うことの限界を感じた。

結局両親に預けることにした。名前はチビ。ジステンパーで死んだ犬もチビだったからこれは二代目チビだ。

何年かして転勤になり両親の家に戻った。二代目チビは大人になっていた。

しょぼくれとるくせにうるさい犬やった。

二代目チビはいつも怒っとった。ぼくもいつも怒っとった。

ところがある冬の朝、散歩の途中で二代目チビは倒れた。

フェラリアという病気になっとった。25万円もする大手術のおかげで、奇跡的に助かった。

病気が治るまではおとなしかったけど、治るとすぐもとのやかましい犬にもどった。

結局 10年近く飼って
死んだ。
やかましい犬やったけど
おらんようになると淋しい。

二代目チビがやかましかったんは
ストレスがたまっとったからやと思う。

プー子には芸は教えず、散歩を
たっぷりさせて、ストレスがたまらん
ようにした。

好奇心も大事にしとってやっとる。
これは穴掘り（名人である）。

きめられた散歩コースだけを
行くのはようない。と思う。

これもようない。犬にとって散歩は
単なる運動ではない。

散歩は人生のすべてなのだ。
いや犬生のすべてなのだ。たぶん。

ところで、この物語をつくっている時、
散歩のわずかなスキにバイクにハネ
られケガをしたプー子は失踪してしもうた。

子供らは泣き、ぼくは必死で
探したが、どこにもおらんかった。

2日後プー子はひとりで帰ってきた。
「どこにおったん？」とみんなが聞いたけど
なんちゃ答えんかった。

子供らは喜んだ。最初だけ。

散歩がまたぼくの仕事になって
しもうた。まァええか。

おわり

・神山恭昭研究所

●「犬のイエスタディ＆トゥディ」を上映した時・字がこんまかったので読めんかったとか・見たかったのによう行かんかった、と言うてくれる人がようけおったので・紙上発表しました。ほやけどコマ数が多いので・結局・又字がこんまになってしまいました。ごめん。

・私の新聞 NO17
・発行人・神山恭昭

職場にいらなくなった賞状がいっぱいあった。ぼくはこれをもらってきて、

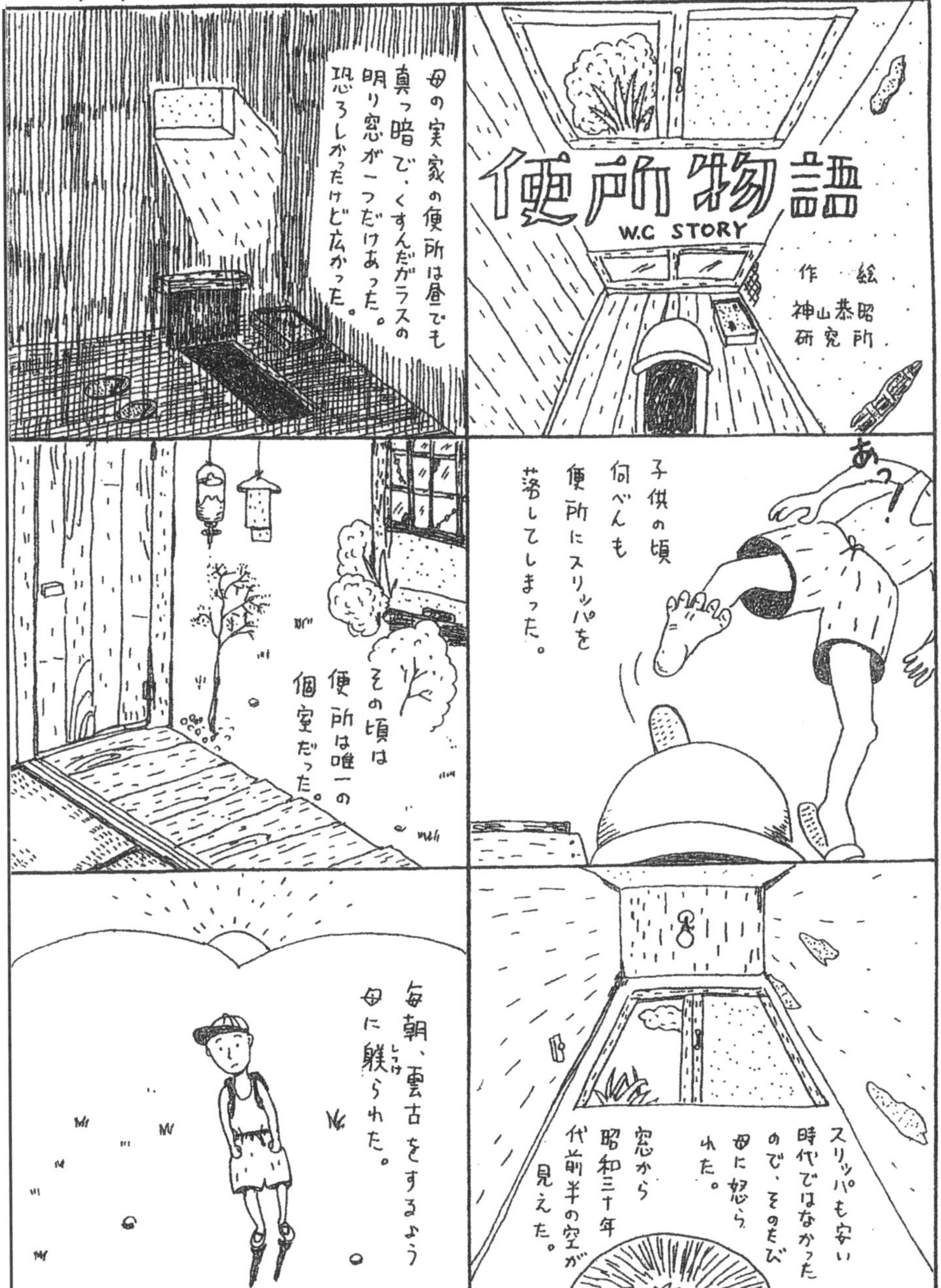

裏にマンガを描いた。これが本当のショウジョウマンガ・・・・。

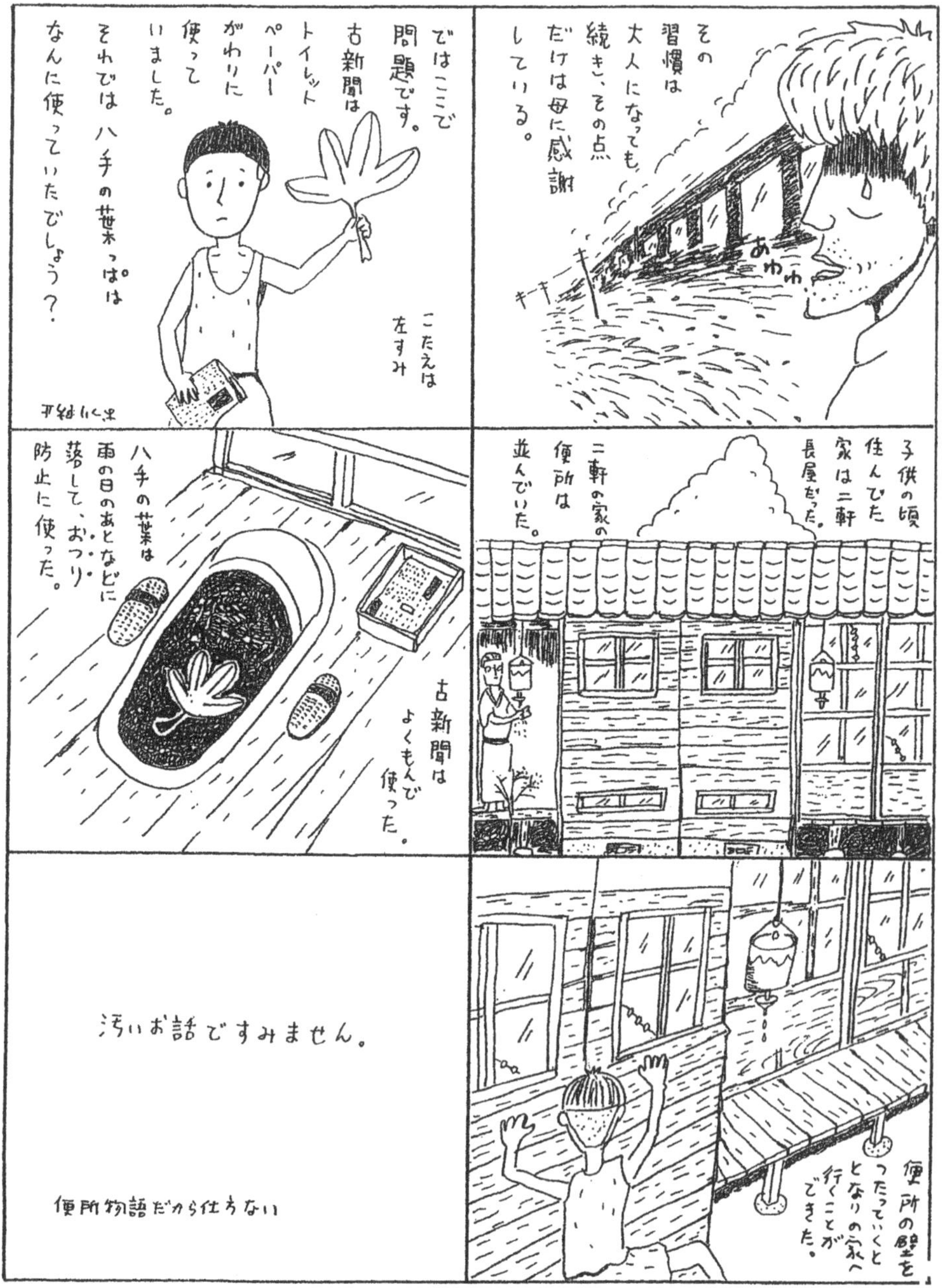

その習慣は大人になっても続き、その点だけは母に感謝している。
あゆゅ
キーキー
ではここで問題です。古新聞はトイレットペーパーがわりに使っていました。それでは八手の葉っぱはなんに使っていたでしょう？
こたえは左すみ
おつり防止
子供の頃住んでた家は二軒長屋だった。
二軒の家の便所は並んでいた。
八手の葉は雨の日のあとなどに落して、おつり防止に使った。
古新聞はよくもんで使った。
便所の壁をつたっていくととなりの家へ行くことができた。
汚いお話ですみません。
便所物語だから仕方ない

中学一年の時、わが家にも風呂ができた。

便所も男女別の近代的なものにかわった。

努力
水洗ではありません
今までの便所は押入れになった。

なんか変な感じ。

この下にまだ便壺がある。

ところで汲み取り式の便所で鍛えられた昔の子供はバイ菌に対して強かったが今の子は水洗なので弱いという話を聞いたことがある。本当だろうか?

そういえば昔布団の中に蚤がいてよくとった。

とった蚤は指先でまるめ跳べなくして親指の爪と爪でつぶした。

ぷちんと小さな音がした。

柳哲雄氏はその著書『風景の変遷ー瀬戸内海』(創風社出版1500円)で「今でも私は二日に一回風呂に

入り、四日に一回下着を着換える。私の子供達はそれを不潔という」と書いている。彼は正しい。

ぼくは因数分解もできないのに、奇跡的に大学に合格してしまった。そういえばつるかめ算も

理解しないまま小学校を卒業してしまった。これがいけなかった。世の中を甘くみてしまう癖がついたのだ。

疾風怒濤の青春が終って
ぼくは結婚し、古い借家を借りた。
その頃、妻の実家の便所はまだ汲み取り式だった。(子供らはそれをあなぼこべんべんと言う)
便所の壁にはなぜかカレンダーが吊るしてあった。
1
1 2 3 4 5 6
7 8 9 10 11 12 13
14 15 16 17 18 19 20
21 22 23 24 25 26 27
28 29 30 31
南都加酒店 64-8851
借家の便所は南向きで明るく、その上水洗便所だった。家中で一番いい場所だった。
農家なので外にも便所があった。
しかし、妻はこの便所で流産してしまった。ぼくは人のかたちにならぬ我が子を便器の中から取りあげた。
ひたすらに便器を磨く秋の暮
小西昭夫
生れる前に亡くなった子のために父が木で墓標を作ってくれた。

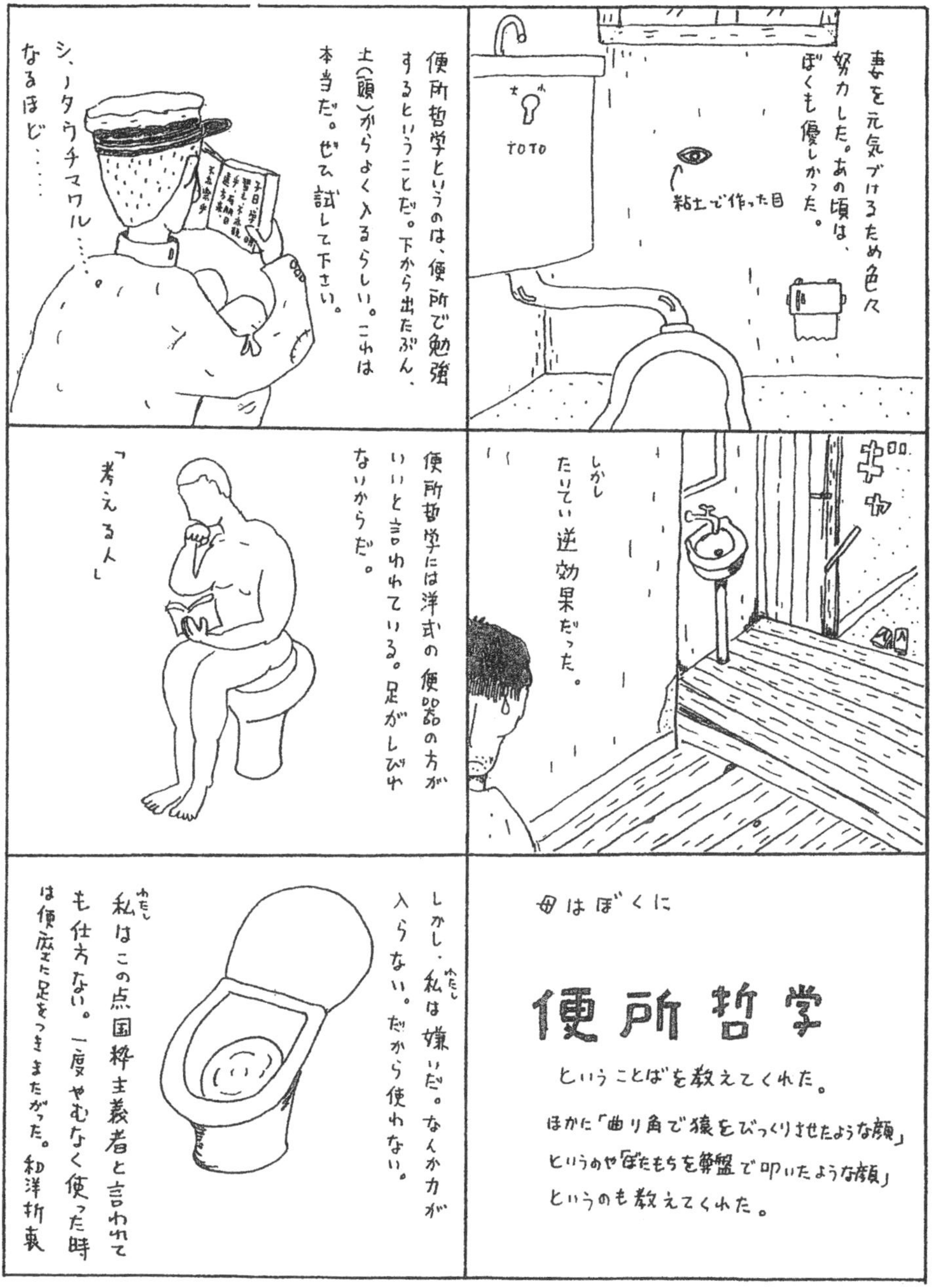

妻を元気づけるため色々努力した。あの頃は、ぼくも優しかった。
粘土で作った目
TOTO
しかし たいてい逆効果だった。
ギャ
母はぼくに
便所哲学
ということばを教えてくれた。
ほかに「曲り角で猿をびっくりさせたような顔」というのや「ぼたもちを算盤で叩いたような顔」というのも教えてくれた。
便所哲学というのは、便所で勉強するということだ。下から出たぶん、上(頭)からよく入るらしい。これは本当だ。ぜひ試して下さい。
シ、ノタウチマワル……。なるほど……
便所哲学には洋式の便器の方がいいと言われている。足がしびれないからだ。

「考える人」

しかし、私《わたし》は嫌いだ。なんか力が入らない。だから使わない。

私《わたし》はこの点国粋主義者と言われても仕方ない。一度やむなく使った時は便座に足をつきまたがった。和洋折衷

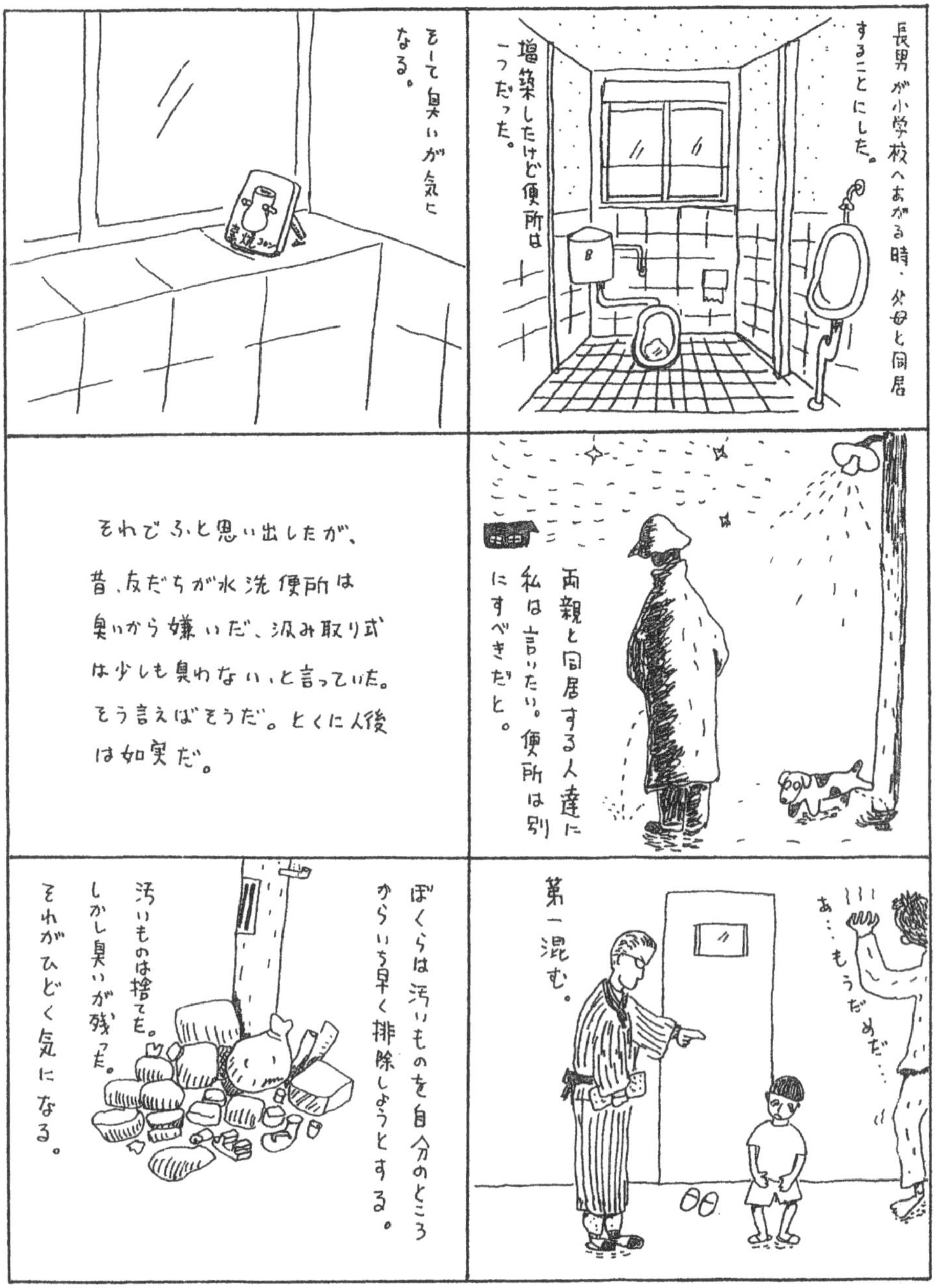

長男が小学校へあがる時、父母と同居することにした。
増築したけど便所は一つだった。
そして臭いが気になる。
両親と同居する人達に私は言いたい。便所は別にすべきだと。
それでふと思い出したが、
昔、友だちが水洗便所は
臭いから嫌いだ、汲み取り式
は少しも臭わない、と言っていた。
そう言えばそうだ。とくに人後
は如実だ。
第一混む。
あ…もうだめだ…
ぼくらは汚いものを自分のところからいち早く排除しようとする。
汚いものは捨てた。
しかし臭いが残った。
それがひどく気になる。

父は三度目の手術の時、人工肛門にした。
人工肛門は普通の便所では不便だった。
臭いも結構強いので
ぼくらは邪嫌にした。
同行二人
そこで、父母の部屋に専用の風呂と便所を作った。
わずかなスペースだった。
しかし父はその便所と風呂を充分使わないうちに逝ってしまった。
父と子は互いに心開《あ》けぬまま別れ
ゆきたるチゴイネルワイゼン
（どなは：わし）
もうひとつ！
チゴイネルワイゼンともに聴かぬまま
別れゆきたる父と子は（わし）

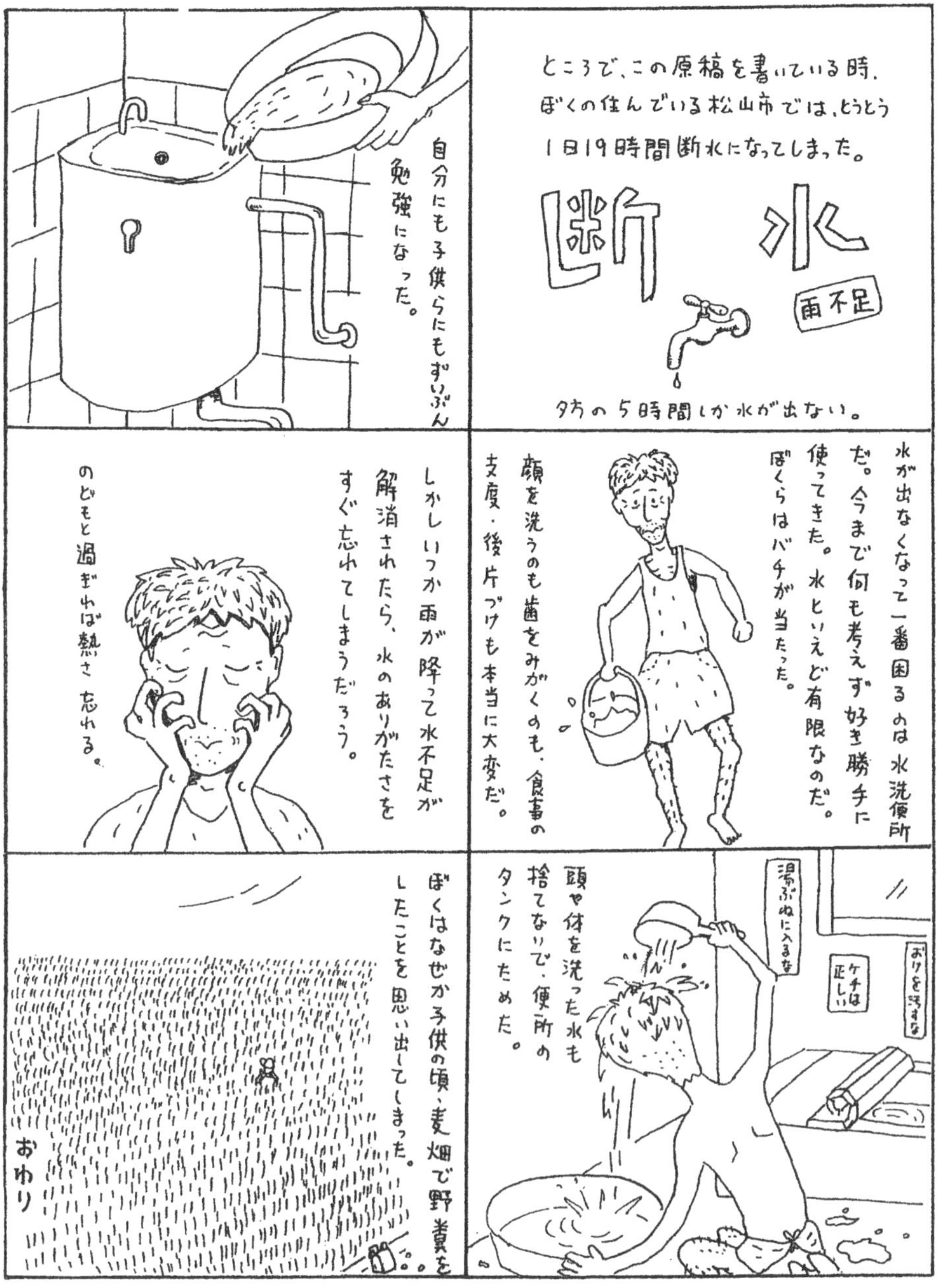
ところで、この原稿を書いている時、ぼくの住んでいる松山市では、とうとう1日19時間断水になってしまった。
断水
雨不足
夕方の5時間しか水が出ない。
水が出なくなって一番困るのは水洗便所だ。今まで何も考えず好き勝手に使ってきた。水といえど有限なのだ。ぼくらはバチが当たった。
顔を洗うのも歯をみがくのも、食事の支度・後片づけも本当に大変だ。
頭や体を洗った水も捨てないで、便所のタンクにためた。
湯ぶねに入るな
ケチは正しい
おけを汚すな
自分にも子供らにもずいぶん勉強になった。
しかしいつか雨が降って水不足が解消されたら、水のありがたさをすぐ忘れてしまうだろう。
のどもと過ぎれば熱さ忘れる。
ぼくはなぜか子供の頃、麦畑で野糞をしたことを思い出してしまった。
おわり

自動車社会の研究

ある朝、ぼくは新聞の交通事故記事を見て考えた。

年間一万人以上を越える死者を出し、その生血《いきち》を吸って肥大化する自動車《くるま》社会と自動車《くるま》会社。

こんなことでいいのだろうか。いますぐ高速道路まで行って牛の糞《くそ》でも投げて自動車《くるま》を止めるか。

近所の小学校の正門で「A小学校児童の学友諸君！大人になっても自動車に安易にのるのはやめましょうね」というビラをまくべきでないかと考えたのだ。

しかし、どちらも非現実的だ。

第一、前者は犯罪ですらある。後者は娘が通っている学校なので、恐らく、いや絶対に娘が嫌がる。

ぼくが下駄をはいて、自転車に乗るだけで、お尻から出た虫のように（きたねー）拒絶するくらいだから実行できる訳がない。

それでまァ、考えたのは、こういうことは一人ではできないので、仲間を募《つの》ることにした。

まず、会の名前。

「反自動車《くるま》社会設立委員会」

カタイ……。やめ。

「自転車社会軟着陸促進友の会」

町内の老人会風でイイ。

広告の裏にマヂックインキで書いたポスターを作り、近所の魚屋の前の電柱などに貼った。

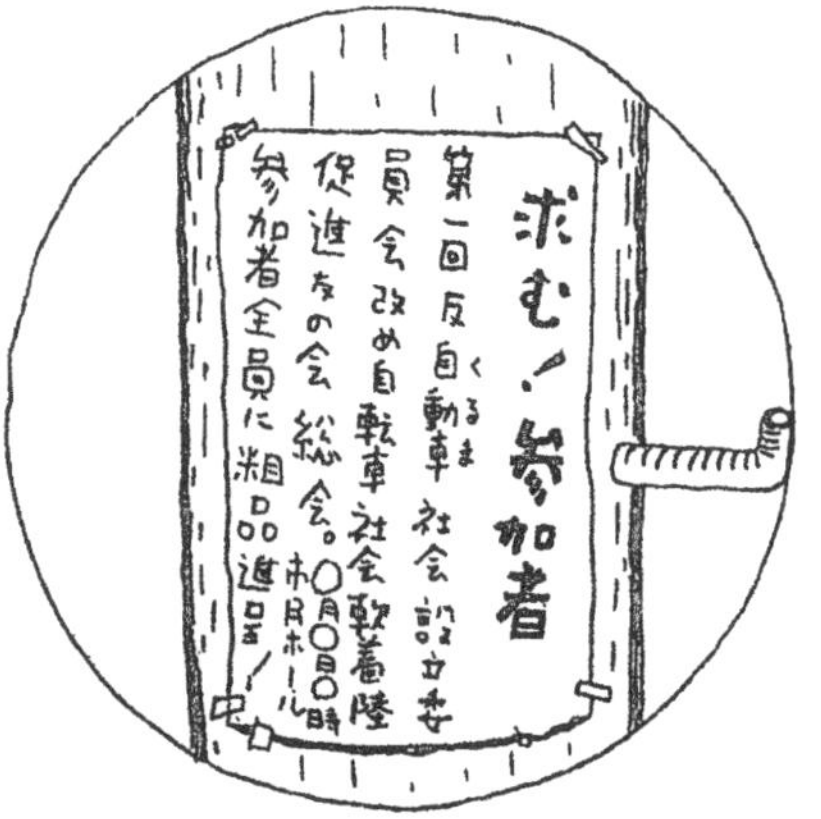

第一回反自動車《くるま》社会
設立委員会改め自転車
社会軟着陸促進友の会
総会当日は
雨模様の
あいにくのお
天気だった。
そのせいか
お客いや
参加者がない。
受付三時間後、
やっと一人の女子学生が現れた。ぼくには彼女が天使のように
見えた。しかし、会場借用時間があと三十分しか残ってない。

結局、その日の
反自動車《くるま》社会設立
委員会 改め自転車
社会軟着陸促進友の会
第一回総会は、くだんの女子学生と
ぼくだけの会となってしまった。
「それでははじめます」と、
ぼくが言ったが、その女子学生は
小さくうなずいただけだった。
二人の間には気まずい沈黙が
続いた。
こんなことを考えた自分が
いまいましく思えた。

しかし、総会を今さら
やめる訳にいかないので、
ぼくはクルマにより毎年
一万五千人もの人間が殺され、
二〇〇万人もの人がケガを
させられている又、貴重な石油
の30％がクルマの燃料として
消費され、大気を汚染し、
地球温暖化の原因となっている
などと報告した。

※自動車による
石油の使用量は
全体の29.5％で2位の
電力16.4％・3位の鉱工
業15.5％を大きくひき
はなしている。
（平成元年度・石油事情
資料による）

演説が乗りに乗ってきた時、
市民ホールの係員がやってきて、
「九時で駐車場をしめます
から自動車《くるま》を出して下さい」
と言った。
ぼくは無視して演説を続けたが、

くだんの女子大生は
「あらたいへん」
と言って、キィホルダーを
ぢゃらぢゃらさせながら
荷物をまとめて、帰って
しまった。

市民ホールを出ると、外はもうすっかり暗くなっていた。
暗闇の中をクルマのライトが数えきれないくらい行きかっていた。
世の中は難《むずか》しいとぼくは少しだけ思った。

（おわり）

『決定版　わしの研究』あとがき

ひょんなことから始まったドキュメンタリー映画『ほそぼそ芸術　ささやかな天才、神山恭昭』（品川亮監督作品・２０２２年）制作のさなか、監督が「神山さん、作家の椎名誠さんに本を推薦してもらったそうですね！」と目をぎらつかせながらぼくに聞いてきました。

そういえば四半世紀近く前、「本の雑誌が選ぶ１９９８年度ベスト10」に椎名さんが強くぼくの『わしの新聞』を推薦してくれてベスト10に入ったことがありました。当時ぼくはそのことがうれしくて、将来文化勲章をあげると言われてもこれがあるからいらないと断ろうと思ったほどです。

しかしもうずいぶん昔のことなので監督には話していませんでした。「そんな大事なことをなぜ言わないんです！」と言わんばかりの監督は、椎名さんとぼくが対談をし、それを映画に撮るという設定にしてくれました。そしてあの有名な新宿の「池林房」で２０２２年夏に対談しました。もちろんぼくの人生の中で輝かしい夜だったことは言うまでもありません。

その後も椎名さんはこの映画やぼくの個展などの推薦文を書いてくれ、神山さんの作品をなんとか世間にもっと見せたい、広めたいと、出版プロデューサーの宍戸健司さんにぼくのことを紹介してくれました。その年の暮れ、完成した映画とぼくの「ささやかな大展覧会」（海野貴彦プロデュース）を宍戸さんは愛媛県美術館まで見に来てくれ、ぼくの本を何らかの形でまとめたいと言ってくれました。

　ぼくの主な著書は『電信柱と寂しい夜』（１９９６年）、『わしの新聞』（１９９８年）、『わしの研究』（２０１７年）の３冊です（いずれも創風社出版）。これらの本には不毛な研究や、せつなくも美しくやや説教がましい話が満載されていて、控え目な人にこっそり買われる地味な本の道を歩んでいます。しかし、このたび小学館から『決定版　わしの研究』が刊行されることになり、前出の３冊の本の中から宍戸さんが選んでくれた作品が掲載されることになりました。しかもいつも応援してくれている椎名誠さんがなんとまえがきまで書いてくださっています。これはぼくにとって、盆と正月とクリスマスと彼女（オクサンのことですよ）の誕生日が一度にやってきたようなできごとです。

　椎名誠さん、宍戸健司さん、小学館の山内健太郎さん、デザイナーの片岡忠彦さん、オフィス・シーナの渡利亜紀子さん、創風社出版の大早友章さん直美さん、本の中の古い友人たち、ゴッドマウンテンプロジェクトの仲間、石巻の芸術家パルコキノシタさん、それにぼくの家族たち、そしてなによりもこの本を買ってくださった読者の皆さんに深く感謝したいと思います。

　皆さん、本当にありがとうございます！

２０２４年２月７日

神山恭昭

初出

地下室の大研究、わが便所の思い出研究、大豆コーヒーの研究、使い捨て物品の大研究、比較好き学の研究、古希の大研究

雑誌「松山百点」松山百点会

夢日記大研究、宝の持ち腐れ研究、噛みつきネコの研究、日向水小研究 その1、日向水小研究 その2、地老漫の研究、あだ名の研究、古着大研究、便所哲学の研究、しょう油もち入り雑煮の研究、わが家ではごちそうでもよその家では…大研究、靴下片方だけ紛失の大研究、白髪頭大研究、赤面の研究、地小説を書こう、大小屋研究、後ろ向き登山、松山嫌学の研究、松山玄関間口寸法研究

『わしの研究』２０１７年創風社出版

忍者の思い出、やめた風呂屋のちびた煙突、夢見るシャンソン人形、電信柱と寂しい夜

『電信柱と寂しい夜』１９９６年創風社出版

従兄と空気銃、駄犬物語、便所物語、自動車社会の研究

『わしの新聞』１９９８年創風社出版

神山恭昭（こうやま やすあき）

1949年愛媛県生まれ。松山市在住、“自称 絵日記作家”。
社会人として生活を続けながら文筆のほか絵画や彫刻、パフォーマンスなど多岐にわたる活動を40年以上にわたり展開してきた芸術家。著作に「新版 絵日記 丸山住宅ものがたり」「わしの新聞」「いろとりどりのテント」他多数（すべて創風社出版刊）。現代社会がどこかに置き忘れてしまった、小さいけれど温かく、そして懐かしい“しあわせ”を表現するささやかな天才である。

決定版　わしの研究

2024年3月23日　初版第一刷発行

著　者　神山恭昭
発行人　五十嵐佳世
発行所　株式会社小学館
〒101-8001　東京都千代田区一ツ橋2-3-1
編集 03-3230-5126　販売 03-5281-3555

印刷所　TOPPAN株式会社
製本所　牧製本印刷株式会社

造本には十分注意しておりますが、印刷、製本など製造上の不備がございましたら
「制作局コールセンター」（フリーダイヤル 0120-336-340）にご連絡ください。
（電話受付は、土・日・祝日を除く 9時30分～17時30分）

本書の無断での複写（コピー）、上演、放送等の二次利用、翻案等は、
著作権法上の例外を除き禁じられています。

本書の電子データ化などの無断複製は著作権法上の例外を除き禁じられています。
代行業者等の第三者による本書の電子的複製も認められておりません。

©Yasuaki Koyama 2024 Printed in Japan ISBN978-4-09-389150-9